NF文庫
ノンフィクション

鎮南関をめざして

北部仏印進駐戦

伊藤桂一

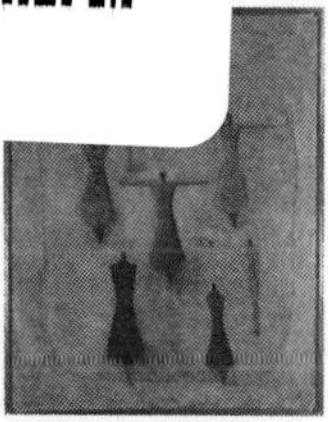

潮書房光人新社

鎮南関をめざして――目次

通信兵の戦話

北部仏印平和進駐の顚末

北部仏印進駐

鎮南関《ちんなんかん》をめざして

北部仏印進駐戦

通信兵《つうしんへい》の戦話《せんわ》

1　作戦間のできごと

1

第七十師団（槍兵団）が、衢州《くしゅう》作戦を発起したのは、昭和十九年の六月である。師団は龍《りゅう》游《ゆう》、全旺鎮を陥《お》とし烏渓江を越え、六月末に衢州県城を陥としている。

松廣一等兵は、第七十師団の独立歩兵第一二三大隊通信隊に所属して、軍務、戦務に精励し、衢州作戦にも参加している。

以下は、一通信兵松廣一等兵の「従軍日誌」から拾った、通信兵らしいささやかな、エピソードである。

——衢州作戦の時は、厳しい日照りの日もあったし、また、雨の日もつづいた。

一人前の装具のほかに、重い通信機が余分に多い。しかも、自分はびしょ濡れになっても、通信機は濡らせられない。

前進につづく前進で食糧はなくなり、戦闘につづく戦闘の明け暮れで、ゆっくり眠った夜は滅多《めった》にない。そして、今日は誰それが戦死した、という噂も、幾日目かに人づてに聞く。なかには知っている戦友の名前が耳に入る日もあった。心の中で手を合わせる。

夕方近くなると、山で、カナカナカナと、蟬《せみ》だろうか鳥だろうか、寂しく、あるいは物悲しく毎日鳴いていた。

ぽつぽつと、螢《ほたる》が尻を光らせて飛び交い出す。ああ今日もいのち長らえたか、と、ひとりごとをつぶやきながら、足を引きずって歩く。

日が、とっぷり暮れて、あたりが暗くなる。曇っているので暗闇になり、うっかりしていると、前を歩いている人影を見失う。私は視力は悪いほうで、もしも前にいる戦友が、どちらに進んだかわからなくなったら、それこそ大変である。一列縦隊の行軍だから、もしも私が前を進む人影を見失ったら、後に続く隊列は、とんでもない方向に進んでしまう。

こんな時に、名案が浮かんだ。

螢を十五匹か二十匹捕まえて、チリガミに包んで、前を行く人の背嚢《はいのう》にとりつけると、五センチ位の螢光の玉が目印になって、五、六メートル遅れても大丈夫で、結構実用になった。一晩じゅう使っても、夜明けまで光りつづけてくれる。朝になったら逃がしてやり、夕方になると、またつくればよい。

雨の降る日は、電報用紙に蠟《ろう》をこすりつけて、袋をつくった。こうすれば、いくら雨が降っても、破れる気遣いはない。でも、螢は、いい迷惑だったろう。

この螢は体長は短く、一センチ以下位で、平家螢か源氏螢かわからない。とにかく光の点滅する回数が、内地の螢よりも、ものすごく早い螢だったことだけはよく覚えている。

戦場においては、便利なものも、欲しいものも、簡単には手に入らない。自分の身のまわりにある品物を工夫して、不便を克服しなければ、生活はできない。螢の灯のことは、私には、いい勉強になった。

衢州作戦のあとの、別な作戦の時だったが、やはり、連日連夜の進撃がつづき、みんな疲れていた。

その時、軍犬（軍用犬）班の飼育兵が、下痢のためすっかり弱って、気の毒なので、私が一頭預かることになった。

元来、軍犬は、飼育兵以外の者には決してなつかないように訓練してあり、危険なので、だれでも簡単には預かれないが、犬好きは犬が知る――のたとえで、軍犬班も無線通信班も軍鳩（伝書鳩）班も有線通信班も同じ兵舎に起居していたので、お互いに手伝いをし合うことがあった。それで、犬好きの私は、炊事使役に行った時、肉のついた骨をもらって軍犬に与えていたので、どの犬もなついてくれていた。

知らない人が近寄ると、歯を剝《む》き出して吠えつくように訓練されていた犬にはクニ、サチ、マツなどと、名前がついていた。正しくはリッチホンとか、マックホンとかいう名で、ドイツ系の優秀な犬だった。とくにクニは頭がよく、戦場を行進中、敵が射撃をはじめる気配を逸早く察して、尻っぽを垂れる、耳をピクピクさせはじめるので、クニの様子をよくみていると、敵がいるかどうかがよくわかる。

敵が撃ち出す前に、伏せて、前進をとめるので、

「おーい、クニが伏せたぞ」

と、気付いた者が、みなに知らせた。

クニの予感は正確で、私が適当な地物を選んで伏せた直後、正確に敵の弾丸が、プスプスと身近で土煙をあげる。こうしたことが何度もあって、クニへの信頼度は高かった。

その日、クニを連れて進軍していて、夜中になった。

途中で行軍がとまり、少しも進まない。前方で工兵隊が作業中とのことで、小休止になった。みんな寝不足なので、背嚢を枕にして眠り出したので、私もクニの手綱を背嚢の紐に縛りつけて、眠りについた。

美しい文章表現をするならば「夢路をたどる」と書くのだが、それどころか、死んだように眠り込んでいた。

どのくらいの時間眠ったかわからないが、とつぜん背嚢の紐が力強く引っ張られて、目が覚めた。

〔ああ、よく眠ったな〕と思ったから、あたりを見廻すと、だれもいない。〔しまった〕と思い、飛び起きたところ、クニがしきりに私をぐいぐいと引っ張る。クニはみんなが進んだ方向にどんどん進むので、ほとんど駈け足になる。

三十分ほども走りつづけて、部隊に追いついたが、追いつけないと敵に捕まることになる。敵中行軍といっていい状況だったからである。

ようやく、隊列の最後尾に追いつき、隊列の中程にいる通信班に加わった。その時、私を呼んでいる声の逓伝《ていでん》を、列のうしろで耳にしていたが、これは、通信班が私の不在を知って、名前を呼びはじめていたのである。

あぶないところで、列中に加われたのである。私は、

「小便をしていて手間どりました」

と、理由をいって、とにかく列に入り、内心、クニに、

「クニよ、ありがとう、助かったよ」

と、いい、夕方、着いた部落で、ニワトリをつかまえたので、自分の欲はすてて、クニに全部与えた。クニは、その肉を、うまそうに、五、六個に食いちぎって、たちまち食べつくしてしまった。まる呑みにしたのは、空腹もひどかったのだろうか。それをみていて、私は、ほっとした。

衢州作戦の時。

龍游を占領後、そのまま一晩じゅうかかって、河沿いに新しい作戦地域に前進して、私は第一中隊のある小隊に、無線通信手として配属された。隊の任務は、最右翼の残敵掃討及び敵情の偵察であった。

六号型短波無線機で、部隊本部に情報を伝える任務で、二百メートル位の山をいくつも渡り歩いて、物凄く霧の深い中を、敵影を求めて捜索したが、なんの獲物もみつからなかった。

交信時間になったので、この旨を部隊本部に伝えるため本部を呼び出したが、何度呼んでも連絡がとれない。相互間の状態の距離も地形なども、すべて条件はよく、もちろん機器の故障もない。およそ十分くらい呼びつづけたが、まったく連絡がとれないので、交信時間表を調べると、第二中隊と四十分位前に交信することになっていたので、この周波数に同調させて傍受してみた。

感度が合った瞬間、

「アラセアツオ　キヨウブ　カンツウジユウソウノタメ　センシ　セリ」

——と、モールス信号がはいった。

双方の感度が、山の中のため相当に悪いから、電信を使わないと無理なので、手間がかかったのだろう。

しかし、「アラセアツオ」は、私と同じ町内会で、入隊も一緒で、屯営以来野戦でも、中隊も内務班も同じで、初年兵教育も、私が師団通信隊無線通信手修業教育のため転属するまでは、何事も一緒だった。彼も幹部候補生として、別の学校へ行き、別れ別れになった。

私は十八年九月頃、部隊本部勤務となって、めったに出合うことがなく、彼も下士官になって忙しい任務につき、同じ部隊でも、内地と違い、非常に広い範囲に分散しているので、無理からぬことである。

私は、軍規に反して、思わず、

「サクラ　サクラ　ホヘ　カエデ　カエデ　ワ」

――と、二中隊を呼んだ。

連絡はすぐについて、サクラが出て、割（ワ）り込みをした。本部を待たせ、二中隊の電報再送依頼をすると、やはり、

「アラセ　アツオ　センシ　セリ」

と、打ってきた。

二中隊との交信を終わり、本部には、こちらの情報を送り、次の命令を受けた。

その日の日没前、部隊は合流したので、通信将校に、二中隊に行かせてほしい旨をいうと、快く許してもらえた。

乾電池交換の命令で、二中隊へ着き、荒瀬君の眠る河の中洲に渡り、線香の代りにタバコを供《そな》え、草花を立て、水筒の水を盛り上がった土の周りにそそぎ、冥福を祈った。

河岸では、出発準備の号令がきこえたので、うしろを何度も振り返りつつ、本隊へ向けて駈け出した。

もう夕闇が迫り、ひぐらしが「カナ　カナ　カナ」と鳴きだした。軍歌「戦友」を思い出す。今日の薄暮は悲しい、寂しい、やりきれない気分だ、と思っているうちに、ホタルが、何事もなかったように飛び交いはじめた。その光景は、あたかも、荒瀬君が昇天するが如くにみえた。この思いは多分、私ひとりではなかったろう。

私たちは、入隊後、およそ二週間目の夜中に、山口の屯営を衛兵整列の見送りを受け、進軍ラッパに送られて、深夜の山口市内を山口駅に向かって行進した。多くの家族や市民が、万歳を叫んでくれた。駅に到着し、部隊長の訓示が長々と続き、最後に面会が許されたが、十分位で乗車命令が出て、列車に乗る。向かいのホームに、私の母と荒瀬君のお母さんがしきりに手で、窓を開けて、と合図する。窓を開けて私は、

「行って来るよう」

と叫んだ。荒瀬君に、

「お母さんがあそこで呼んでいるよ」

と教えたが、

「はあえぇ、切りやない」

といって、見向きもしなかった。翌年の夏に自分は戦死して、これが今生の別れになると

も考えず、黙って振り向きもしなかった。もしかしたら、彼にはもうわかっていたのかもしれない。私がいくらいっても動かない。仕方がないので、ホームの二人に、

「元気でねえ、行ってくるよォ」

と、二人分叫んだが、寒いので人の迷惑になり、窓をしめて、発車となる。列車がホームを離れてゆく。遠ざかる二人は、まだしきりに手を振っていたが、闇の中に没した。私には、山口駅での別れの時のことが、しきりに思い出された。

通信は、私的なことを固く禁止している。用件も簡単、明瞭、迅速であることを常に要求されている。ましてや無線通信においては、無用電波の放射のみならず、敵方に味方の所在を知られる不利な結果をもたらすことになり、私は軍紀を犯したのだが、だれも文句をいわなかった。きっと、荒瀬君が「大目にみてやってくれ」と、どこかで、いってくれていたのだろう、と思った。

2

松廣一等兵は、昭和十八年二月一日に、西部第四部隊第五中隊に入隊している。中隊長村重中尉、内務班長友広軍曹、入隊者はみな私服を軍服に着更えるが、マンコ様（古年兵のこと）のようなラシャ服はあてがわれない。といっても、このころのラシャ服は、生地が擦《す》り

切れてドンゴロス様になっている。初年兵の二等兵は、木綿製の戦闘服で帽子も戦帽である。支給品は、雑嚢、水筒、帯革、帯剣、巻脚絆、靴下、ジュバン、袴下、毛糸のジュバン、編上靴、毛布、燕口袋《えんこうぶくろ》で、中には靴刷毛、洗濯刷毛、糸巻き、木綿針、握り鋏、木綿糸、保革油一缶、折り畳み式缶切り、栓抜き付き小刀が入る。被服手入れ用具一式も。食器袋、箸袋、貴重品袋（金銭出納簿入りで貯金通帳、印鑑、現金を入れる）、外套、弾薬盒（前後ろの弾入れ）、三十八年式歩兵銃などが一揃い与えられて、襟には星一つの陸軍二等兵を表わす襟章がついて、兵隊になる。寝床は藁布団が板張りの床の上に並べられて名札が書いてあり、私物の衣類などは風呂敷に包んで別に置く。

服装が整ったら、営庭に並んで、営内見学、説明をききながら一まわりして昼飯になる。マンコ様が支度をして下さった。アルミニウム製の飯碗に赤飯が盛り上げられて、昨日まで配給米でヒイヒイ飢えていたので、びっくりする。副食は、大きな鰯の煮付けが二つ並び、切干大根と豚肉の煮付けに、沢庵漬《たくあんづけ》二切れが添えられている。

初年兵たちは、

「今はマンコが支度したが、これからは、お前たちがやるんだぞ」

と、古年兵からいわれる。

午後は身体検査があり血液型も調べる。写真も撮り、注射も打つ。

夕方、週番上等兵の、

「各班飯上げ」

の号令で、各班から四、五名が、炊事場で飯、副食、茶を持ち帰り、五ヶ条の軍人勅諭を奉唱してから食事になる。食後は入浴、中隊毎に順序がある。貴重品は番台にいる週番上等兵に預け、芋を洗う大混雑の浴場で鴉《からす》の行水をする。

日曜には、面会が許された。この時、松廣二等兵は、母親に、用事で来られなかった荒瀬の母親によろしく、と伝言を頼んでいる。

そうして、多忙のうちに二週間経ち、出発の日が来て、山口駅から故山を離れたのである。初年兵たちは、関釜連絡船で釜山へ、輸送列車で大田、京城《けいじょう》、平壌、新義州、満洲へ入り奉天、山海関、天津、徐州、浦口、南京、無錫《むしゃく》、蘇州《そしゅう》、上海を経て、余姚《よちょう》へ着いた。

松廣二等兵は、ここで基本教育を受け、杭州の旅団通信隊に転属、教育を終えて部隊へ帰ってくると、衢州作戦がはじまり、作戦に参加したのである。

左記は、松廣一等兵の、通信兵としての立場で、兵器や戦闘間の考え方を叙した手記である。

――中国兵の撃つチェッコ式軽機関銃には、いつの戦闘でも悩まされた。チェッコ式軽機関銃は、正式にはＺＢ30といって、チェッコスロバキヤの誇る名作で、日中戦争の当初、日本軍の十一年式軽機関銃より性能がよく、無故障で、命中率は少し悪いが、ＺＢ30は少しもトラブルを起こさず、日本軍兵士から「無故障機関銃」と呼ばれ、羨ましがられていた。

はじめはZB26であったが、一九三〇年に改良されてZB30となった。製造元の所在地で、ブルノーの地名をそのままに、ブルノー軽機関銃とも呼ばれている。毎分五百発の、七・九ミリの弾丸を発射することができる。日本の九六年式軽機関銃は、十一年式の汚名を挽回したもので、ZB26をモデルにして、銃身交換が簡単にできる。十kg以内の目方にする、六・五ミリの従来の弾丸が使える、三十年式銃剣が装着できること――を条件として、昭和十三年の皇紀二五九六年に完成したので、九六年式という。

日本は日露戦争で、はじめて機関銃に悩まされ、支那事変でチェッコ機関銃に悩まされ、大日本帝国の軍隊の兵器の開発の遅さには、諸種の事情が判明するにつれて、ただ呆れるばかりである。しかし、どうしようもないことであった。

衢州作戦で、私は、本格的戦争をはじめて体験した。戦闘にある程度経験を積み慣れてくると、敵方がどの方向に向けて撃っているのかが、発射音でわかるようになってきた。「トントントン」「パン、パン」と響きのつづく音は、こちらには向けていなく、「バリッ　バリッ」と、途切れのよい音は、私の方を狙っていることが、はっきりわかりだした。

ZB30の弾倉には、二十発の弾丸が装塡されている。一つ弾倉を撃ちつくして弾倉を交換する時間を、腕時計の秒針で測ると、速い奴で約六秒後、狙いをつけて撃ってくることがわかってきた。この六秒間で、何処の安全な場所まで駈けられるかを考え、二十発の弾丸の数を数えると、残り何発かが計算できるのである。

……と来れば、五発撃ったから残り十五発。……で十二発。……で八発というぐあいに計算して、……で残り三発。そろそろ早駈け発進の態勢をとる。残りの……と音がきこえた時は、もう弾丸は私の頭上を通過しているので、弾丸に当たる気遣いはない。一目散に目当ての場所を目指して走りまくる。1、2、3、4、5、6でドタンと伏せる。途端に、シュッ、シュッと弾着を確認するため、点射をはじめ、確認すると連射してくるが、私は安全だ。

そんなくり返しで、重くて厄介な通信機を背負って、人並よりのろまでしかも、敵さんは私を狙っている、と思うと、まだ死にたくはないので、自分の全智全能を駆使してがんばる。腰に提げたお守りと、モールス電信符号がさずけてくれた、おかげさまであろう。上手に狙撃弾を避けて走る。

「あいつが出るときだきゃ、弾丸が来んのう」

「おい、お前、出る時やァ、合図をせえやぁ」

——という、戦友もいた。

通信兵にだって、通信兵としての戦いぶりはある、と、私は、そんな言葉を耳に快く聞いた。

2 無線修業兵たち

1

松廣一等兵は、昭和十八年二月に西部第四部隊に入隊して渡支、浙江省《せっこう》余姚《よちょう》で基礎訓練を受け、四月に杭州の旅団通信隊に転属、無線通信手として教育を受け、九月には寧波《ニンポ》の第一二三大隊本部に勤務を命ぜられた。無線通信兵としての戦務がこの時から正式にはじまるのだが、無線通信手としての杭州での訓練は、きわめてきびしいものだった。通常、一年かけて無線兵教育を行なうのを、五ヵ月で仕上げることになっていたからである。

軍隊では、勤務や演習の厳しさ、労力の軽重を「一に通信、二にラッパ、三に担架《たんか》の大油」という言葉でいい表わしていた。通信やラッパ手は楽だが、衛生隊の担架兵は大汗を掻く、といったたとえだが、しかし、通信隊での教育は非常にきびしかった。通信兵も前線部隊にくっついて行くのだから、戦闘部隊ほどではないにしても、任務は重い。当然、充分な通信技術と、体力、即応能力などを、教育訓練させられることになる。

松廣一等兵（この時は二等兵）は、杭州の旅団通信隊に入隊すると、各教育班に分かれて、無線中隊の見学、第一日目の夕食には赤飯が出て、たっぷりと食べた。軍隊は、第一日目はいつも好遇する。問題は、そのあとである。翌朝は起床ラッパで起こされた。

この通信隊では、松廣二等兵のような新兵にまじって、二年兵のマンコ様上等兵や、下士官殿も、一様に教育を受け、修業兵には新兵も古参兵も区別なく、下士官といえども修業兵である限りは、通信隊の助教（伍長、兵長）、助手（上等兵、一等兵）には頭が上がらない。全部が初年兵扱いである。各種の当番使役、勤務もすべて平等で、修業期間は文句はいえない。なにしろ一年かかるモールス電信符号の受信、送信の習技、無線通信機の取扱い訓練、電気理論、無線通信機の理論、暗号の組立てと翻訳――等の教育を、五ヵ月でしっかり身につけねば、実戦に役立たない。教育には、軍馬の馭法《ぎょほう》、飼育、厩舎《きゅうしゃ》当番等、一般兵科と何ら変わらない教育が重なる。

最初に習うのがモールス電信符号である。本来ならトンツー式で、この方式が正確であり速度も早いのだが、一日も早く電信符号を覚えるには合調音式《ごうちょうおん》が使われた。最初に打った文字は、カタカナの鈎《かぎ》のある「ヱ」で、これはトンツー式では「トッーツートト」となるのを、ヱコーメーフク、と覚える。回向冥福である。イの字はイトー、ロはロジョーホコー、ハはハーモニカといったふうに、イロハ四十八文字と数字がある。はじめごろは一日に三、四字くらい、それが五、六字になり、毎日モールス発信機から出るピピー、ピピーピー、といった、ピーピピピ音ばかりきいていると、営庭で鳩がククー、ククーと鳴いていても、イ（イトー、イトー）ときこえてしまう。

教官の矢部中尉は、

「お前たちは軍隊に入り軍隊ボケになり、野戦に来て野戦ボケになり、通信兵になって通信ボケになる。それでよい。そして軍の中枢神経になれ。お前たちが今後習得する特技を充分活用して、相互の意志の疎通《そつう》を計り、戦力統合の連鎖となり、尽くしてくれ」

といったが、これを通信兵の本領として、松廣二等兵は肝《きも》に銘じている。

訓示はともかく、勉強はますますきびしく、講義は絶対ノートにとれず丸暗記である。書いても焼却させられる。教科書もプリントもない。脳味噌の中に叩き込むしかない。杭州の春風に陽気がよくなり、つい電話器の中のピーピーにいい気持になり、うつらうつらすると、途端《とたん》に頭に竹刀《しない》が来る。容赦ない叩き方だ。

受信習技が終わると、送信習技である。これがまた、受信習技よりもずっとむつかしくきびしかった。電鍵（キー）の打ち方には圧下式と反動式がある。圧下式ではキーを上から押すように打つので、字が汚い。それで反動式を習う。これはキーのつまみの上に指先を軽くのせて、力を入れずに手首のみを上下して、モールス信号に合わせて振ると、その反動でキーを叩く効果になる。もし指先に力が加わっていたら、爪の色がピンク色になり、みつかるところも竹刀で、手首を叩かれる。手の甲が痺《しび》れて箸《はし》が持てなくなる。一日中キーを叩き、腕が痺れて水平を保たれず、肘《ひじ》が上にあがると竹刀が振る。腕や肘の感覚もなくなり、水平の判断もわからなくなると、やはり竹刀が飛ぶ。叩かれつづけて、しまいに自棄糞《やけくそ》気分になるが、訓練はやめられない。スパルタ式教育である。

それから、短点「・」と長点「—」の組み合わせの訓練に入る。ここまでくると、いくらか要領も覚え、竹刀の雨も減る。イ＝・—、ク＝・・・—、エ＝—・——、メ＝・・・——といったように、受信も送信も、大きな声を出して、イトー、クルシソー、エーゴエービーシー、メーゲツダローと合調音を唱えながらキーを叩く。声が小さくても、姿勢が悪くても、竹刀が飛んでくる。訓練中、助教、助手に気に入らないことがあると、日夕点呼後に、殴る蹴る叩くの制裁が毎日つづく。最初の時、修業教育は頭脳と指先の訓練だから、兵科の銃剣術など手首に強い衝撃を与えるような訓練は省く。手崩れという現象でモールスが打てなくなり、一度手崩れを起こすと、三、四ヵ月ならない。私的制裁などもってのほかという訓示もあったのだが、どこ吹く風と、かれらは、殴る蹴る叩くをたのしみにしているようだった。通信隊には、正規の現役兵もいたが、これは修業兵とは違っていた。修業兵はどうも厄介者として、いじめの対象にされているらしかった。

送受信習技が終わると、暗号の組立てと翻訳の訓練になる。暗号は、軍事機密という厄介なものを取り扱うので、訓練に使った用紙類は、すべて提出しないと教室を出られなかった。

ただ、暗号は、記憶してはいけないので、楽だった。

無線通信機は、ラジオと殆《ほとん》ど同じ原理で動作する。ラジオと違うところは、ヘトロダインがついているかいないかということと、電源が乾電池であることが大きな違いで、戦場という過酷な場所で使うため頑丈につくられ、ラジオより精密につくられているだけである。頑丈で乾電池、目方は物凄く重い。しかし感度はラジオと大差ない。

5号型は高周波増幅一段、ヘトロダイン検波、音量はあまり必要ないから、低周波増幅回路は簡単で、受信周波数の数が多いので、何組かに切り替えて使うスイッチがあって、中クラスのラジオで短波が受信できない型と同じであった。

3号型は、スーパーヘトロダインといって、5号型より中身が複雑だった。

(これはのちのことになるが)松廣一等兵が南京の学校にいた時、米軍の機械を手に入れたことがある。分解してみて、真空管は小型の高性能管で、電力も消耗が少なく、強度も著《いちじる》しく優れていた。乾電池は積層型で完全防湿、マッチ箱ほどは小さくなかったが、日本軍のにくらべて半分以下だった。性能も桁違いに感度がよく安定していた。日本軍が三十八年式歩兵銃を持っていたのに、米軍は自動小銃を持っていたのと同じ感じである。ホノルル放送が昼間でもとても感度よくきこえた。

教室で、勿体《もったい》ぶった通信機の説明を聞いた時、こんな型遅れかと驚いた。電気理論も通信機理論も、無線好きの中学生のほうがくわしいくらいだ。そのほかに送信機があった。手回し式の発電機を3号型は二人、5号型一人で、送信用の電気を起こしていた。アンテナは正式のものはややこしいだけなので、殆《ほとん》ど自作品を使うことにした。通信隊には駄馬がいるが、歩兵にはない。重くて役に立たないものより、自作品のほうがはるかによい。ただ使用する周波数に旨《うま》く電波をいかに能率よく乗せるかの問題である。質問してみると、殆ど知っていなかった。深く質問すると、生意気だといって殴られるだろうから、だれも質問しなかった。松廣修業兵は入隊前、通信関係の本職ではないが、関連した仕事と趣味を持っていたので、助かっている。その上、助教らは現役兵の教育係より左翼に廻された不平不満を、修業兵に当たり散らしたと思う。教える側があまりよく知らないので、説得力がなく、ただ殴るしか方法がなかったのだ。

このほかに6号型超短波無線機があり、他の物より物凄く周波数が高い30～60MHz《メガヘルツ》バンドになる小型で軽いが、通達距離が電信で、平野の時で四キロ、電話ではその半分と情けない機械で、真空管はたったの一本DZ30MCという双子管だった。子供用のレシーバーよりやましなくらいのものである。乾電池だけは5号型なみに必要で能率はとても悪い。また小型送信機というUZ109Cという真空管を、四本同じものを使った乾電池専用のストレート方式で、真空管はすべて双子型（一本に二個入った物）で、どの真空管をどこに間違えて差し込んでもOKという型で、取扱いや故障修理の未熟な者でも、球の故障の場合だけなら何とか直せる構造であった。6号型、小型はキーが本体の横側についていて、打ちにくいという人も多かった。6号型のアンテナも正式の物はすぐ破損するので自作品を使う。あまり実戦に役立たない兵器を、軍隊中枢部はよくも設計したものと呆れることが多かった。

2

ここで実戦上のことに少々触れておくと、通信兵は、交信時間がくる少し前に通信機を並べて接続をし、通信所を開設しなければならない。開設が終わり機能の点検と電報を調べ、電報の有無にかかわらず交信をして、双方の現在地及び現在時刻と周波数の整合、次の交信時刻の確認だけは絶対しなければならない。早くすんでも五〜十分かかる。

しかし、本隊はそのまま前進して、通信分隊は置き去りにされるのが普通であり、ピンからキリまで軍事機密ばかり持っていて、替わり手のない特技の通信分隊を置き去りにしてゆく軍隊は、おそらく日本軍だけだろう。五分位の遅れならば本隊に追いつけるが、それでも装具が人並以上あり大変である。もし二十分も三十分も遅れたら、一時間駈け足をしてやっと追い着くことができる。普通二〜三時間毎の交信ですむが、戦闘状態になると絶えず交信をする。そして電報の翻訳を確認して閉所するから、電報があればどうしても、二、三十分かかる。これが昼間ならよいが、夜間で本隊を見失うととんでもないことになる。こんな初歩的な軍隊の考え方のミスが、戦争に敗ける要因の一つでもあったと思う。

松廣一等兵にこんな経験がある。配属された本隊が、交信時間になって通信所を開設する旨をその隊長に分隊長が伝えていたにもかかわらず、本隊は前進をつづけた。空界の状態が悪く（交信しにくいこと）しかも電報が多く来たので、相当時間が長くかかり、夕暮れ後だったから、すぐあたりが真っ暗になった。気の利いた隊長は、二人ずつ、百〜二百メートル置きに連絡兵を置いてくれるが、その隊はそのまま前進して、本隊の行方がわからなくなり、困ったことになった。サキ電（作戦緊急電報）ゆえ、分隊では気にかかり、あせる。そこで飯盒を横にしてこれに蠟燭《ろうそく》を立てて道路を照らし、足跡をたどりながら相当遅れて本隊に追い着いた。死物狂いで追いついたのに、

「今まで、どこで何をしていたんだ」

と、全員が拳で強く殴られた。殴ったのは古参下士官だった。隊長宛の電報を渡すと、

「こんな重要電報であるのになぜ遅れたのか」

と、また殴られた。軍隊は、いいわけがきかない。涙をのんだが、今もその下士官のことは忘れない（もっとも彼はその後戦死した）。

こんなことがあるので、行軍はもとより、駈け足の訓練は歩兵の本科さんより必要を強いられた。

交信略号というのがある。電報の種類、現在地はどこか（チヤウホ）、現在時刻は？（ケトウホ）、略数字（リヤ）の１２３４５６７８９０はノフミセツロナヤクレが時にはヒフラ

ヨコロナヤキレと変わる。変わると前のと今のとがチャンポンになって困る。交信略号も数え切れないが紙に書いてはいけない、絶対暗号である。コールサインも同様。その他に隠語というのがあった。敵を宝塚歌劇団、弾薬を金米糖《こんぺいとう》、部隊名をヤマト、ムサシ等で、これも時々変わるし口移しで伝えられる。因《ちな》みに独立歩兵第一二三大隊が偵察機に伝える部隊名は「ヒロシマテツポーマチヤマクチヤスシ」で、偵察機から「ヤスシカ」とくるので「ハイ」でわかる。「……ヤマクチヤスシ」と全部送らないところが隠語のミソである。

隠語は、その直前に通信将校から、何時何分ごろ飛行機が来るから、と指示される。使用周波数はラジオ電波より下の535KHzだった。500KHzは、SOSの専用電波で使えない。550KHzからはラジオ電波になる。連絡の前に555、555、555、555と来る。これを5連送という。長くても十分以内で連絡できる。偵察機は一千メートル上空で、一瞬間に何もないのでよく通じる。後は対空布板をひろげて対空通信班がすべて行なう。通信筒の落下と釣りとりも対空通信班の仕事であった。衢州《くしゅう》作戦の時、二、三度あった。対空通信はめったにないので、いつあるかは通信将校が知るだけだった。交信をする時には、無線通信術の規則通り行ない、他の方法は絶対使用できない。

5号型無線機も3号型機も殆ど同じで、3号型機は受信機の周波数の切り替えがスイッチでなく線輪（コイル）そのものを切り替える方式であった。いくつものコイルとその付属品は、一つの箱に納められていて、周波数が変わると本体より引きぬいて差し替えるようになっていた。一見便利なようだが、コイルの数がふえると、それだけ荷物がふえて、持ち運びに不便を感じた。3号型機は、大きな四個の収納箱に分解して納められ、二頭の駄馬で運搬するので、歩兵の山岳戦には適さない。馬は敵の目標になりやすい。そのくせメス馬が遠くにいても、ヒヒヒヒーンといななく。敵はその声で日本軍の近づいたのを知る。

衢州作戦で、旅団長が敵の重機関銃で狙撃されたが、将校が馬に乗って大勢行列していたら、素人でも作戦指導の偉い人物だとひと目で判断できたと思う。通信兵たちは無線機をカモフラージュするため、ずいぶん気を遣《つか》った。通信兵とわかると狙い撃ちにされたからである。

3

修業隊では、通信機の取扱い訓練が終わると、野外演習になる。杭州の西湖の辺を、通信機をかついで、開設して、別の分隊と交信して、電報の送受および電報の暗号組立てと翻訳の総合演習が七、八月の暑いさいちゅうに毎日つづく。天目山脈を演習地にしての訓練は身にこたえた。二十五～二十八キロ強行軍の中で開設、撤収の競争訓練を、助教たちは面白がってタバコを吸いながらたのしんでみていた。くたびれると、駈け足を、自分が疲れるまでつづけ、今度は自分達は歩いて、修業兵には匍匐《ほふく》前進をつづけさせ、姿勢が悪いと頭を蹴飛ばす。ヒイヒイ苦しむさまをみて、愉快そうに笑う。

「おい、お前疲れただろう。そうか、水筒の水が重いのか、軽くしてやろう」

といい、水筒をとりあげて水をすててしまう。暑くてみんなのどがからからになっているのに、いじめる。鬼のような奴らだと思う。修業兵の中には、軍曹もいるのだが、何もいわずに我慢している。兵隊たちもそれを見習う。疲れに疲れたころ、

「ガス」

といわれると、今度は被甲《ひこう》（防毒面）を着用させられ、駈け足で行進させられる。眼の前が紫色になる。このままだと死ぬぞ、と思うが、なかなか死なないものである。一時間ほど走り廻り、助教達は自分たちが疲れると歩き出す。むろん、かれは被甲はつけない。

「いったい何が憎くてこんな目に遭《あ》わせるのか。何が気に入らないのか」

と、思いながらに耐える。

ある日、野外通信演習で、お寺の縁で開設していたところ、よその部隊の演習の組と出会い、その隊長が、

「中国人の気分をこわすから、ここで演習しないように」

といわれ、それに腹を立て、駈け足でその場を去り森の中に入った。そして、木の棒で全員の尻を力一杯叩いた。風呂に入ると、叩かれた尻と股が紫色に腫《は》れあがっていた。つぎの日痛くて歩きにくい。身体検査があった。軍医が、

「どうした、この傷あとは」

と、きくので、

「転《ころ》んで打ちました」

と答えた。

このことは、あとで問題になった。噂では、日頃から目に余る私的制裁を黙認していた教官に至るまで、教育終了後に、厳しく措置されたという。ただ真偽は不明である。

ようやく教育が終わり、検閲もすみ、原隊復帰の日が来た。通信部隊長に、修業兵を代表して軍曹が申告をした。だが、礼をいう者は一人もいず、別れの挨拶もない。修業兵たちはあとを振り向きもせず、営門を出た。

杭州駅で上海行の列車に乗る。発車してまもなく、前の席の戦友が、

「おい、お前にこれをやろう」

といいながら、風呂敷包みから何かを取り出した。みると無線機の修理工具とテスターである。

「昨日、兵器庫の使役の時、がめた。今まで殴られた仇をとった。今ごろ員数が合わんといってあわてているはずだ、と思うと愉快だ」

という。もう一人の戦友は、

「無線機が明日ごろ、みんなパーになる」

という。電池をわざと直列に繋《つな》ぎ替えたのだと。うかつにスイッチを入れると、真空管がみな切れるのだ。そういえば二、三日前、A電池のことを修業兵にきいていた助手がいた。

また別の戦友は、

「おれは班長の帯革を便所でさしくってやった」

といって、新しい帯革を見せた。

「今朝の見送りに班長は居らんかったろうが」

と、かれは笑う。

「あの薬が利いたんか」

と、別の仲間がいう。かなり前から報復作戦を練っていたらしい。朝顔の種を煎じたものを飲むと、ひどい下痢をする。それを昨日、下士官の茶の中へ入れて飲ませたのであると。この薬だと、腹の中のものは、徹底的に空にするほど下痢をする。いなかの家では薬にしていた、という。つまり、班長は、下痢のため便所へ駈け込み、帯革は外したまま置いて行った。それを掠《かす》めとったのである。恨み重なる思いをはらしたのだ。帯革についていた薬盒や剣は、天井裏に隠した、という。松廣二等兵たちは、藁布団を処理、返納を任されていたので、置きみやげはできなかった。

松廣修業兵は、掠めた品の風呂敷包みをもらって、原隊に帰ってから、中身をこまかく調べてみて、驚いた。そこにはテスター、ペンチ、ニッパー、プライヤー、ドライバー、ラジオペンチ、ハンダコテなど、修理作業に欠かせない道具があり、さらに電圧計、雷流計、部分品セットを含め、よくもこれほどのものをガメた、と、つくづく感心した。松庸二等兵はエナメルやサンドペーパーを入手して、掠奪品の、メッキを剝がしたり色を塗りかえたりして、それを立派な私物品にし、これらは工作上、実に役に立った。のちに南京の学校に分遣になり、帰隊する時、工具をほしがる親しい友人に与えてしまった。

3 通信兵の戦闘行動

1

松廣通信手は、作戦間、変則的交信方法で、至急電報を送ったことがある。

ある日、物凄《ものすご》い嵐で、雷もひどい夜中のことである。通信所から慌《あわ》てて「ちょっと来てくれ」といってきた。早速《さっそく》行って訳をきくと、空電（雷の雑音）のため交信できない、という。発電手も、二人がかりで二時間発電機を回して、へとへとである。何回送信しても「クテシコサラワ」と来る。これは「空電のため受信困難なり再送せよ」の意味である。受話器を耳に当てると、ガガーガガーの連続で、機器の異常はない。電報をみると至急報であり、しかも時間指定がしてある。

雷は当分やみそうもないので、機材庫から電鍵《キー》の付いた有線携帯電話機を持ち出して、有線電話回線の空き線路に繋《つな》ぎ、旅団司令部の無線通信班を呼び出した。相手が出たので同年兵のAを呼び出すと、「俺だ」と本人だった。

「モールスの使える電話器を空き線路に繋いでくれ」といって待つと、「ワタ」と来たので「ムラホネサカフミナウホウ」と送る。これは、所報（通信所同士の電報）で「本文を逆さまに送るがよいか?」の意味で、通信兵でも判断しかねる連絡である。暫《しばら》く待つと「ナワワ」と来た。「了解送れ」である。

所報の内容は「至急報を終わりから総て反対に、しかも一行ずつ飛ばして一応送り、残りの行をまた総て反対に送るからよいか?」であった。暗号を解読する時間を待つと「リヤワワ」と来た。「了解送れ」である。

有線電話の空き線路を使ったのも、誰かに傍受される事故を防ぐためである。相手が了解したので、約束の通り本物の電報を送信した。その途中にも、モールスを止めて三十秒位雑談をする。これも万一傍受されていたと仮定してのカモフラージュである。

有線電話でも、近くに落雷するのか、ひどい雑音が入るので相手が、ピーピー電鍵を止めさせ「サラサラ3ケ6コワワ」と送ってくる。これは「三行目の6語から再送せよ」の意味である。時々雑音を入れてカモる（カモフラージュする）一段飛びの送信がすむと「イヌナ」と送る。これは送信継続符号であって、今回の場合は一回目に飛ばした行を約束通り埋めて貰えば、本物の電報が送り終わることになる。

もちろん、はじめに電文が何行あり、終わりの行は何語であるかを予《あらかじ》め約束しておかないと、こんな芸当はできない。なお、このような交信は禁じられており、使われていないし、バレると大目玉である。しかし、雷が鳴るから送れないことを理解してくれるお偉方はいない、通信兵はつねに目立たないところで知恵と苦労を重ねている、と松廣通信手は思う。

有線電話の空き線路を使い、モールスで逆さまに所報を使って本物の電報も逆さまに、しかも一行飛ばしをくり返し、その本物の電報は暗号化されていて、さらに途中に何回もの雑談が組み込まれたこの電報は、相当なベテランでも、解読には時間と人手を要すると思う。しかし、このようなやり方は、双方の意志の疎通がないと不可能で、さもないととんでもない間違いの電報になる。

明くる日、電報班の者が来て、

「あの雷によう送れたのう、返事も来たでのう」

と、感心した顔で知らせてきた。

2

通信隊は、歩兵のように戦闘時の即応能力がないから、不意に危機にさらされると動揺が大きい。交戦だけでなく、交信の事情も抱えているからである。任務に任務が重なる。

左は、そうした場で、死を覚悟した松廣通信手の体験の手記である。「今日が俺の命日になり此処が俺の死場所になるかと思った」という、その日の記録である。

――昭和十九年六月二十一日、その日は曇りで小雨も降っていた。部隊は、衢県《くけん》石室街という小さな町に着いた。

私は6号無線通信機の通信手を命ぜられ、部隊本部の通信所勤務についた。現在前線には私の出身中隊が出ていることはわかっていた。二中隊は現在地の東方三キロの、二百メートル余の高地にいるとわかったので、アンテナをそちらに向けて対所（相手の通信所）の呼び出しを待った。

ふいに、激しく、受話器からモールスで電報が入る。

「現在、多数の敵と交戦中、戦死者、負傷者多い、救援隊を頼む」

と、電報班が翻訳して伝える。同時に敵の迫撃砲弾がヒューヒューと不気味な音をたてて落ち出して、本部は蜂の巣をつついたように大混乱になった。

隣の建物は臨時の野戦病院らしく、屋根を突き抜けた砲弾が建物の中で破裂している。今までに負傷した兵士が担架に寝たまま外に引き出されるのを、屋外は危険だと建物の中に引き入れられる。

砲弾はあちらこちら所構わず落ちてくる。私達のいた建物は二階建なので、二階の屋根に当たった弾丸は二階で破裂して、階下には影響しない。それで、階下に下りろ、外には出るな、と、だれが叫ぶのか命令するのかわからないが、大声で怒鳴る。

受話器からは、状況の報告と、救援隊の要求のためのモールスが生文で飛んでくる。暗号を組む暇がないらしい。砲弾の数もますますふえて、殆どの兵士は地面に伏せたり物蔭に身を隠して成りゆきを案じている。超短波の無線機だから、建物の中に入ると交信が出来ないので、軒下ぎりぎりまで椅子の上に機材を出して、雨に濡れないようにして、建物の入口で交信を続けていると、

「この馬鹿者が、中に入れというのがわからんのか」

と、どなりつけられた。みると本部の下士官だった。発電手をコードの届く限度まで屋内に入れたが、通信機の移動はどうしてもできない。救援を呼びつづけている交信が途絶えるからである。ふたたび、

「この馬鹿者がッ。中に入れというのがわからんのかッ」

と、どなられる。

〔馬鹿者は通信機のことが少しもわからん、てめえのほうだ〕と思い、まだそのまま受信をつづける。

戦死者がまた出たとの悲報が受信機からきこえる。先ほどの下士官がまたどなるので、対所に「マテマテ」と送ると「マテイナ　マテイナ　イヌナ」と送信継続符号で悲痛に鳴るので、そのまま交信をつづけていると、突然頭上から瓦の破片が多数降ってきた。同時にどた、

ッと鈍い音が私の足元のすぐ傍らでして地響きを感じた。みると後部に羽根のついた迫撃砲弾が横になって半分土にめり込んでいる。しかし爆発はしなかった。多分二階の軒先の瓦に弾頭の横側が当たり、砲弾がその弾《はず》みで横向きになったまま落ちたのだろう。しかし幸い信管に何も当たらなかったものと思う。

電報は、正田麻人兵長、福永隆良上等兵、村田為次上等兵ら三名の戦死と、そのほか多くの負傷者の生じた旨が伝えられた。

正田麻人兵長殿は私と同郷で、しかも専売局で職場も同じだったし、軍隊も戦場も先輩で、随分《ずいぶん》とお世話になった人であった。また福永隆良上等兵は、彼の兄が私と同年兵の有線通信班にいた。

私は彼に「お前の弟さんが戦死したよ」と告げると、一瞬目をしばたたいていたが、暫《しばら》くして寂しく「仕方がない……」と呟いた。「もし許しが出たら、二中隊の無線機の乾電池を交換に行くということにして、一緒に行かんか」と知恵を出して誘うと、「弟の死顔をみるとよけい悲しくなる、死顔を見ずに弟はまだどこかで生きていると思いたいからいいよ、気持だけは嬉しい」といって立ち去った。やりきれない男の辛さだったろう。私もそれ以上はいわなかった。

暫くつづいた迫撃砲弾も、ピッタリと止まった。迫撃砲弾の集中攻撃を受け、あちらこちらで物凄い爆発音と土砂の飛び散る中で、隣の建物の中からは悲痛な呻《うめ》き声が多くきこえ、血だらけの担架をあちこちと移動する衛生兵たちの叫び声が交叉して、全くの生き地獄の中で、救援隊を求める悲痛な電報を受けながら、心の中で、

〔まあ、今日が俺の命日になるのか、此処が俺の死場所になるのか〕

と、真面目に思った。もし、この日戦死していたならば、あの日から当分つづいた衢州作戦中でも、度重なる苦労や危険な目に遭わずに済んだことだったろう。敵弾に当たってほとんど即死した今までの戦友が羨《うらや》ましい。もしも戦死する順番が来た時には、永く苦しまずに即死したいと思い、いずれ何日《いつ》かは戦死する運命ならば一日でも早いほうがよい、苦労を重ねつづけた後にあっけなく殺《や》られるより、ずっと安楽往生できると思った。いい換えればヤケクソである。

私はこのヤケクソが大和魂だろうと、前進につづく前進、ろくな食べ物もなく、雨に濡れながら夜も眠られず、ただひたすらに前線を目指して歩きつづけながら考えた。また、あの日、私をどなりつづけた通信のツの字も知らない馬鹿たれ下士官を心の中で嘲《あざけ》りつつも、文句も口答えもできない兵隊の哀れさを身に染みつつ、トボトボと、前を歩く兵士につづくしかなかった。

通信兵の本領は戦力統合の連鎖となり……という私に与えられた本分を、身の危険を承知して、二中隊の悲痛な無電連絡を聞き漏らさず受信して伝えられた喜びも、心の片隅に密かに正直に残っていた。

通信兵は、歩兵隊のような隊伍間の緊密な連係を持てないので、突発的に戦闘の処理を迫られることがある。松廣通信手（上等兵になっていた）の体験の二、三を紹介する。

3

昭和二十年三月ごろ、松廣通信手らの隊伍は、時広部隊に所属して嘉興《かこう》、嘉善《かぜん》地区の防衛に着いた。ある日、出先の分遣隊に配属された無線通信機の感度不良のため、これを修理せよとの命令を受けた。

松廣上等兵は技術兵ではないのだが、技術兵なみの仕事も出来るので利用されるのである。この時、同時に、次の期間に使用される暗号書の交換及び特別乱数表の受け取りまで命令されていた。暗号書は軍事機密に属するので、電報班の下士官クラスが取り扱うのが普通だが、松廣通信手への部隊の信頼があったのだ。

機密書類の取扱いには、将校の指揮する一個小隊程度の護衛が規則されていた。通信所の数は四、五ヶ所あった。陣地構築や討伐なとで兵力が不足していたので、敵情偵察に出る小隊に便宜をはかってもらい、五、六日かかって最後の分遣隊の作業を終えた。修理作業といっても、ほとんどはアンテナの不具合で、なかには電話機のコード断線や、スイッチの接触不良などで、修理は簡単だった。護衛隊に世話をかけることもなかった。

最後に世話になる護衛隊は、槍部隊ではなく、どこかの野砲隊だった。兵力は三十名位で糧秣の収集隊だった。守備隊の将校が、護衛の依頼をしてくれたので、松廣上等兵は挨拶に行った。守備隊長は護衛隊長に、

「暗号書を旅団司令部まで届ける任務を持った通信兵です。護衛をよろしく」

といって頼んでくれている。野砲隊の護衛隊長は新品の少尉だったが、陸士卒である。守備隊長は、松廣上等兵に、

「万事、護衛隊長の指示に従うように」

と、いわれた。野砲隊といっても糧秣収集が任務なので、米を満載した発動機船が使われた。

松廣上等兵が、発動機船に乗った時、米を入れた百キロ麻袋は、乱雑に積み重ねられていた。松廣上等兵は護衛隊長に、

「麻袋をきちんと積み替えて、敵襲を受けた場合の防壁の役目をするようにしていただけませんか」

と、頼むと、

「ビクビクするな、天下の野砲隊だ、安心しとれ」

と、相手にされない。松廣上等兵は、やむなく、船尾の米袋を積み直して、一人位入れる

凹《へこ》みをつくってトンネル状にした。

ポカポカと陽気のよいお天気だったが、農夫が一人も野良仕事に出ていないし、鳶《とび》も烏も空に舞っていない。初年兵の時、久保田教官から、こんな日にはツンゴピン（中国兵）が出ている兆候がある、と、教えられたことを思い出した。それで船頭に、敵襲に備えて布団等で窓や出入口をふさいでおき、もし敵が撃ってきたら、船を右岸に着けるよう説明して、兵隊が船から降りたらエンジンを吹かして川を下るように頼んで、暗号書などを身体に固着してから次の段取りを考えた。

キャビンの屋根に、敵から分捕ったチェッコ式軽機関銃と弾倉が十ヶ位並んだベルトを見つけたので、密かに取り寄せて、弾倉を装着して支度《したく》をした。船の前のほうでは、山積みにした米袋の上に大砲を載せて、弾薬箱が散らかっている。兵隊達は水筒から酒を飲み、帯革を外して、ゴロ寝をしたり、話をしたりしている。警戒兵はいない。武器は敵から分捕った小銃が少しばかりで、いざ鎌倉という場合、全く当てにならない様子だ。

二時間位は、何の事もなく過ぎ去った。

松廣上等兵が〔思い過ごしだったかな〕と思いはじめたころ、クリークの行手に石造りの太鼓橋が見えてきた。橋の上に五、六人の中国人の群れが見える。もしかして橋の上から手榴弾でも落とす気かな、と思い、トンネルの入口を布団でふさいでしばらく待ったが、何事もなく橋の下を通過したので、われながら思い過ごしも呆《あき》れたもんだ、とほっとした。橋の下を五十メートル位通過した途端、軽機関銃がバリバリとこちらに向かって火を噴いてきた。船頭は予定通り船を右岸にぶっ着ける。松廣上等兵も予定通り、チェッコ軽機と弾帯を持って、船から飛び降りて土手横の土饅頭《どまんじゆう》（土を盛り上げた墓）の上に軽機を据えつけて敵と対峙する。太鼓橋のたもとから、こちらの船をめがけてまだ撃っている。

船の上は大騒ぎで、大砲は傾き、銃を持った者には弾丸が無い。弾丸があっても銃が無い。丸腰の者もいるし、河に落ちる奴もいる。松廣上等兵は、胸のうちで、

〔何が天下の野砲隊か〕

と、おかしくなった。

敵の動き出すのを待つうち、走り出したので、五発位ずつ狙って撃った。軽機の反動は覚悟していたよりも肩に大きく衝動が来る。銃が踊らないように、しっかり左手でおさえて撃つ。二十発はすぐ無くなる。弾倉を取り替えて、敵が民家に逃げ込まないように弾丸をバラ撒《ま》く。敵は橋と民家の中程の竹藪に逃げ込んだ。もうしめたものだ、と思う。竹藪の中で撃たれるほどこわいものはない。竹に当たって弾丸が跳ねまわる。敵が竹藪から出て来そうになると撃ち込んでやり。敵は釘づけになる。

野砲隊の少尉は、ようやく軍刀を振り廻して走って来て、松廣上等兵に、

「おい、あそこを撃て、こちらもだ」

と喚《わめ》く。松廣上等兵は腹が立ってきて、

「なにをいうか、この馬鹿が。敵は百メートルも先の河向こうにいるのにダンビラを振り廻しやがって。何を斬る気だ？　あぶないからどこかへ行ってくれ」

と、どなると、相手は、

「指揮をとるのだ、上官に逆らう気か？」

と、どなり返す。状況がきびしいから松廣上等兵も負けていない。

「何だ、この新品野郎。日露戦争をやってるのとは違うぞ。昼間からキラキラ光るダンビラを振り回しやがって。敵はお前が指揮官とすぐ見抜く、お前は狙い撃ちにされて蜂の巣になるぞ。ツベコベいわず部下を早く川下に誘導せんか。上官を失ったら部下はどうしたらよいかわからず、敵中をさまよい歩くことになるぞ。弾丸はまだ充分ある。俺が敵を竹藪にとじこめておくから、早くここから消え失《う》せろ」

と、どなりつづけたので、少尉は部下を駈け足で川下へ下がらせる。松廣上等兵も、三十メートル位走っては敵を撃ち、また走りをくり返し、一キロ近く敵との距離をとった。終わりごろは威嚇《いかく》射撃だけだが、敵も追っては来ない。弾丸も尽きている。

船は川下へ下りつづけているので、松廣上等兵は、船に追いついて乗り込む。野砲隊も船に追いついて乗船している。ともかく松廣上等兵の機転の応戦で、一人の犠牲も出さず危地を脱したのである。

松廣上等兵には、暗号書を旅団司令部に届ける任務がある。ともかく、野砲隊は護衛の役

はしてくれたのである。それで、少尉に、

「お世話になりました。旅団司令部が近いので、この先で下船させていただきます」

といって、敬礼すると、少尉は恐縮して、

「いや、こちらこそ。あぶないところを助けてもらって」

と、いい、つづけて、

「すまんが、今日のところは黙っておいてくれんか。頼む」

と、会釈をする。松廣上等兵は、

「自分も、横着な口をきいて、すまんでした。お詫びします」

と、いうと、少尉は、

「野砲はいつも後方勤務だが〝槍〟さんは前線にばかりいるから、大した度胸だのう。それにしても、俺は陸士時代でも、お前さんほどひどく怒った教官はおらなかった。一時は殺されるかと思ったのう」

と、あとのほうは冗談にして、笑っている。

松廣上等兵にしても、笑うしかなかったが、通信兵といえど、たしかに野砲隊よりは、はるかに最前線の苦労はしている。

つい最近の作戦間でのことだが、分隊長がマラリアで行動できず、松廣上等兵が代理を命ぜられたことがある。この時、長い電報を受けたため、作業中に本隊に置きざりにされ、四十分遅れて出発、追いつくために丘越えの近道を選んだところ、約八十名の敵とぶつかることになってしまった。むろん交戦になる。

通信分隊には、小銃一、軽機一しかない。弾薬は軽機に渡したので、小銃には十五発しかなかった。隊員は分隊長以下四名である。しかも、三名は年次の若い兵隊で、頼りにはならない。

松廣分隊長は、とっさの思案で、各自が携行している手榴弾を調べると十六発あった。そこで、年次の若い兵隊を、本隊追及のため各個に前進させ、分隊長一人が残って、時間稼ぎをすることになった。電報を届ける任務は、先発者に任せたのである。これだと、少なくも電報は本隊へ届く。

幸いだったのは、この時の敵は移動中で、鍋や釜を持ち、女もまじり、糧秣などの荷も持っている。従って戦闘員は少なく、三十名位か、と、松廣分隊長は読んだ。

また、少人数で戦える独自の戦法も考えていた。手榴弾だけを有効に使う。手榴弾を靴下に包んで投げるのである。松廣分隊長自身、手榴弾は二十メートルの距離しか投げられない。しかし、靴下に包み、信管を岩にぶつけて発火させ、空中で二秒回して投げると、ちょうど目標物にぶつかり、しかも正確に狙える。これは以前、久保田教官から学んだ戦闘法である。

分隊長は、この手榴弾戦法で、巧みに敵の攻撃をかわし、隊伍は丘越えの本隊追及を果たしている。進行間に、事情を知った本隊も引き返してくれている。

松廣上等兵は、しかし、このような体験を、野砲隊の少尉には話さなかった。この隊長も、いずれ利口に戦闘法を学んでゆくことだろう、と思い、下船の時、気分のよい別れ方をしている。

北部《ほくぶ》仏印《ふついん》平和《へいわ》進駐《しんちゅう》の顛末《てんまつ》

1　森本大隊の越境

1

昭和十五年九月二十三日零時半、平和進駐の名をもって、第五師団を基幹とする四万五千の精兵が、鎮南関《ちんなんかん》を越えて、北部仏領印度支那《インドシナ》へ進駐している。

仏印軍は、これを迎え撃ち、ここに国境六十里にわたる交戦となり、激闘三日間、仏印軍の降服によって幕を閉じた。

この激闘を、大本営は「平和進駐途上の不幸なる衝突」と、簡単に発表している。

中村明人第五師団長は、前師団長今村均中将より第五師団長を引き継いでいる。第五師団は、この平和進駐の以前に、軍が発起した前年末の「南寧作戦」以来、つねに、北部仏印への進駐願望を抱きつづけていた。中村師団長も、何よりもまず、この平和進駐の志向を第一義に考えていたといえる。

中村中将は、第五師団長として着任以来六ヵ月間、鋭意精兵を訓練し、一挙に河内《ハノイ》を攻略すべき上司の命を受け、八月十日及び九月四日の二回、仏印進攻準備の奉勅命令を受け、国境に進攻準備をしたが、二回とも実施には到らなかった。日・仏間の交渉が手間どっていたからである。

ここで、日本軍の平和進駐以前の仏印（ヴェトナム）の国情に少々触れておくと、日本が大敵ロシアを破った時から、ヴェトナム革命家たちを奮起させている。白人絶対の神話が崩れたからである。ヴェトナムは、フランスを追い出すための近代化の必要を悟り、民族主義運動の指導者ファン・ボイ・チャウは、多くの留学生を日本に送った。日本を手本にしたのである。ファンは、ヴェトナムの王族出身のクオンデ侯と共に、一九一三年広東に「ヴェトナム光復会」を創設し、地下革命運動をはじめている。

日本政府は、フランス政府の巧妙な謀略工作を受けて、この両名や留学生を追放してしまったが、クオンデは海南島へ渡り、ファンに代わった指導者は、ヴェトナム共産党（後のヴェトナム独立同盟・ヴェトミン）の党首、当時、阮愛国《グエンアイコク》の名で呼ばれていた、ヴェトナム社会主義共和国の独立後、その主席となった胡志明《ホーチミン》その人である。もっとも、昭和十五年の日本軍の平和進駐の時点においては、北部仏印はきびしい仏軍の拘束の下にある。

こうした事情の下に、一九三七年支那事変が勃発し、米・英は日本への圧迫を強化し、戦火の深まりと共に援蔣反日政策もいっそう強化され、日本軍の南寧作戦後のころには、その援蔣反日政策は、いよいよ露骨となり、多量の援蔣物資を、中国沿岸・ビルマ・インドシナを通じて、重慶の蔣政権へ送り込んだ。そして、わが海軍が、中国沿岸を封鎖後は、インドシナを通ずる援蔣ルートが活潑となり、補給物資の陸路輸送量は、ますます増大し、昭和十五年に入り、一ヵ月約一・五万トンに達し、米英の対重慶輸送量の、五割以上を占めるものと思われた。

このころ、欧州戦線では、ドイツ軍が、昭和十五年五月十日、独仏国境を突破して、西進し、フランスのペタン政権は、六月十七日、遂に降伏した。

日本政府は、かねてフランス政府に対し「仏印援蔣ルート」(ハイフォン・ハノイ・ラオカイ・昆明鉄道)の禁止について、交渉を重ねていたところ、仏政府は、降伏三日後の六月二十日、やっとわが要求を容《い》れ、日本軍国境監視員の派遣を認めた。

そこで大本営は、同月二十六日、ただちに「仏印国境監視団」(通称〝西原機関〟で西原一策陸軍少将)以下陸海軍共同の約五十名を派遣した。

このため、仏印援蔣ルートは、仏印総監府派の協力も得て、一応、これで完全に遮断され、さしあたり、日本軍を、仏印に進駐させる必要はなかった。

ところが、またここで「隴《ろう》ヲ得テ蜀《しょく》ヲ望ム」式の欲張った日本軍の戦略が企図された。

すなわち、大本営陸軍部第一部（部長・冨永恭次陸軍少将）で、作戦担当は、当時南寧に駐屯し「欽寧援蔣ルート」（欽県・南寧・昆明街道）の遮断に任じていた第五師団（師団長・中村明人中将）を、西原機関の進出で一応その必要がなくなったため、上海へ撤収転用することにした。

ところが、この転進に際し、軽率にも、南寧から南下させ、仏印国内を通過、海防《ハイフォン》から海路、上海へ輸送させる妙な計画を立てたが、およそ軍隊は国家主権の象徴であり、それを他国領土に入れることは、武力進駐においてはもちろん、友好平和進駐においても、その国の主権侵害に通ずるものである。

陸軍部第一部には「第五師団を北部仏印に進駐させ、予《あらかじ》め南方進出の第一歩を進めておこう」という思惑も潜んでいた。南寧作戦成功後は、さらにその意図は、第五師団内でも強まっている。

大本営の命令を受けた南支那方面軍（波集団・司令部・広東）は、第五師団を、ひそかに南寧から南下させ、六月末ごろ、仏印との国境に兵力を集中させた。

第五師団は、戦闘司令所を憑祥《ひょうしょう》に置き、その先鋒の歩兵第二十一聯隊第三大隊（大隊長・森本宅二中佐）が、同月二十九日、鎮南関を占領し、南を睨んで、時の至るのを待っていた。

一方、これと併行して行なわれていた、日本政府の第二弾の対仏要求は、仏印内における軍隊の通過、飛行場三個の使用（ビルマ援蔣ルート・昆明爆撃のためのわが前進航空基地）と、その警備兵力約六千名の仏印進駐の三件であり、この交渉は難航の末、同年九月四日に成立した。

ここで大本営は、翌五日、新たに仏印に派遣する「印度支那派遣軍」の編成を命じた。

〈印度支那派遣軍の編成〉

司令官　西村琢磨中将

近衛歩兵第一旅団司令部

　近衛歩兵第二聯隊

　独立山砲兵第二十二大隊

　第二十一独立飛行隊

そして同日付で、これを南支那方面軍の隷下に入れ、同方面軍に対し、

「軍ノ一部ヲ以テ北部仏印ニ進駐スヘシ」

と、大陸命を発した。

さきの日・仏協定に基づく平和進駐である。

そこで南支那方面軍は、同五日、仏印国境で待機中の第五師団に対し、「仏印進攻準備を中止し、原駐地南寧への反転帰還」を命じた。

ところが、ここで突発事が起きている。

同月六日、森本大隊は越境事件を起こし、陸軍中央部や西原機関を驚愕させることになっ

た。

2

——ここで、この森本大隊の越境事件の経緯について触れておきたい。

この越境は、南寧作戦以後、兵気躍動しつつあった第五師団の、必然の勇み足というほかないが、軍にとっては予期せぬ大迷惑な突発事件であった。これまでの日・仏協定は頓挫してしまったからである。

事件の内容を分析してみるのに、まず中村明人師団長の『仏印進駐の真相』なる手記のうち「森本中佐鎮南関付近越境事件」を引用しておきたい。

1、兵団長の処置

一、九月七日零時岡本少将より急電あり、「鎮南関警備隊長森本宅二中佐本六日十二時四十分頃越境す」と左記電報を転送し来る。
本電報は現地に於て佐藤賢了参謀副長が軍参謀長の名に於て之を起草し森本中佐に手交し中村兵団参謀長より和集団第二十二軍・参謀長に打電せしめたるものなり。

和集団参謀長宛　　中村兵団参謀長

本六日十二時四十分頃鎮南関警備隊長森本中佐ハ大隊主力ヲ提ゲ鳳杯村南方約五六百米ノ地点ニ越境前進セリ時恰《あた》カモ「ドンダン」警備隊長メヌラー少将、佐藤参謀副長及ビ大本営荒尾中佐現場ニ来リ其ノ不法ヲ詰問シ佐藤参謀副長ハ左記指示ヲ森本中佐ニ手交ヤリ

左記

国境付近ノ部隊ハ斥候ト雖《いえど》モ如何ナル目的ヲ以テスルモ命令ニ依ルコトナクシテ越境スルコトハ凡テ之ヲ厳禁ス

日仏印交渉ノ現況ニ鑑《かんが》ミ国境付近ニ於ケル行動ハ特ニ慎重ニスルモノトス

此ノ主義ハ状況上佐藤参謀長ヲシテ森本大隊長ニ先ヅ之ヲ示達シ之ヲ和集団参謀長ニ伝達セシム

九月六日十六時三十分（ハノイ時間）

波集団参謀長

二、九月七日午前我が兵団より軍に報告せし越境事件の第一報左の如し。

森本中佐ノ不法越境事件ニ就キ目下憑祥岡本部隊本部ニ於テ取調べノ結果森本中佐ハ部下ニ前進地区ノ地形ヲ暗識セシムルト共ニ敵状ノ変化ヲ確ムル目的ヲ以テ越境セリト陳述シアリト

右ノ森本中佐ノ行動ハ六月二十九日鎮南関到着ノ当時ヨリ最モ軍紀厳正ニシテ兵団ノ最先

頭ニ在リテ昼夜ヲ別タズ不眠不休熱心周密ニ進攻準備ニ勉メ其ノ成果顕著ナルモノアルニ拘ラズ昨五日十七時頃原態勢復帰ノ命令受領後一昼夜ヲ経過セル本六日十八時三十分頃ニ於テ実施セル中佐ノ行動ハ正ニ正気ノ沙汰トハ思ハレズ一昨四日ノ進発準備ニ万歳ヲ三唱シテ欣喜セシ大隊長ガ一日ニシテ之ガ停止ノ命令ニ接シ夢幻ノ境地ニサマヨヒテ精神ニ異状ヲ呈シ遂ニ此ノ行動ニ出デタルモノト判断セラル

即刻参謀長、軍医部長ヲ急派シ森本中佐ノ精神状態ヲ鑑定セシメラル

右依命　中村兵団参謀長ヨリ和集団参謀長へ

三、九月七日午後四時渡辺参謀長一行取調べを終り帰明す依って其の報告に基き左の如く電報報告せしむ。

和集団参謀長宛　　中村兵団参謀長

兵団参謀長、軍医部長、専門ノ軍医及ビ岡本、三木両部隊長取調ベノ結果森本中佐ハ三ヵ月仏印進攻河内《ハノイ》攻略一番槍ハ我ガ挺進大隊ニ在リト確信シ日夜渾身ノ努力ヲ捧ゲ森厳ニ軍紀ヲ保持シ今日ニ至リシ所四日進攻準備ヲ命ゼラルルヤ万歳ヲ三唱シ進発部署ニ就キシモ事志ト違ヒ進攻ヲ中止セラルルヤ寡黙沈毅ノ中佐ハ終夜思イツメ遂ニ三ヵ月ニ亘ル精神及ビ肉体上ノ異常ナル疲労ト進攻中止ニヨル一大衝撃トニ依リ発作的精神錯誤ヲ生ジ為ニ翌六日越境シタルモノニシテ其ノ事情憐ムベキモノアリ

依テ中佐ハ入院ノ処置ヲトレリ
右判決ノミ報告シ詳細ハ後報ス
2、兵団長責をとる
一、予は今回の森本中佐の越境は波及する所重大なるに鑑み恐懼して進退伺を久納軍司令官を経て提出す。

進退ノ儀ニ付
御伺
昭和十五年九月七日　第五師団長
中村明人（花押）
参謀総長　載仁《ことひと》親王殿下

明人儀
今般部下大隊長ヨリ別紙ノ如キ越軌ノ行動者ヲ出シタルハ統率上謹テ進退ノ儀ニ付御伺申上候也
（別紙）
森本中佐越境経緯
歩兵第二十一聯隊大隊長歩兵中佐森本宅二ハ昭和十五年六月十九日仏印威圧作戦ノ為南寧

出発鎮南関ニ到着シ以来兵団ノ最先頭ニ在リテ昼夜ヲ別タズ炎天下ニ不眠不休熱心周密ニ進攻準備ニ勉メ其ノ成績顕著ナルモノアリ九月四日進攻準備ノ命来ルヤ欣喜万歳ヲ三唱出発シ至短時間ニ進攻準備ヲ完結シ大隊ノ志気大ニ振ヘリ然ルニ五日午後ニ至リテ「進攻準備中止、原態勢復帰」ノ命令ヲ受領スルヤ落胆其ノ極ニ達シ遂ニ一夜ヲ経過セル翌六日午前十一時三十分飄然大隊全力ヲ率ヰ越境セリ依テ七日兵団参謀長、同軍医部長、専門軍医及ビ岡本、三木部隊長等ヲシテ取調ベノ結果、森本中佐ハ出発以来約三ヵ月間仏印進攻河内攻略ニ関シ人力ノ最大ヲ傾注シテ至誠奮励シ加フルニ過去ノ赫々《かくかく》タル武勲ト勇敢剛毅ノ性格トハ上下ノ信頼ヲ一身ニ集メ自ラモ亦河内攻略一番槍ハ我ガ挺進大隊ニ在リト確信シテ日夜渾身ノ努力ヲ捧ゲ森厳ニ軍紀ヲ保持シテ今日ニ至リシ所事遂ニ志ト違ヒ五日進攻ヲ中止セラレルヤ前記ノ如ク落膽、悲痛終夜輾々《てんてん》思ヒツメ茲ニ寡默沈毅熱烈ナル中佐モ過去三ヵ月ニ亘ル精神及ビ肉体上ノ異常ナル疲労ニ依ル衰弱ト進攻中止ニ依ル一大衝撃トニ因リ発作的精神錯誤ヲ生ジ為ニ翌六日飄然越境ノ越軌行動ニ出デタルモノナリ

二、岡本旅団長及び三木聯隊長よりも本職に進退伺を提出したるも其の儀に及ばざるものとして却下し旅団長を重謹慎三日に聯隊長を同五日に処せり。

三、森本中佐は軍法会議に附すべきものとし速かに三木聯隊長に捜査すべきを命ず。

右の「兵団長責をとる」の記事に二、三付記すると、九月八日に軍参謀権藤中佐が来着し

て越境事件を調査している。この時、岡本、三木両部隊長は森本中佐を連行して面接している。この時、師団長は中佐に「予は兵団第一の勇士に功名を頒《わか》つ事能はず重大過失を犯さしめ上司に其の不徳を謝し君と共に其の裁決を待って居る決して今後軽率の処置をとらず自重謹慎せんことを望む」と告げると中佐は、〝狂気の如く床上に伏し倒れ一言も発せずさめざめと落涙滂沱《ぼうだ》両部隊長も吾も亦共に泣けり。直ちに別室に移し安臥せしめ終夜同僚をして監視保護心身の沈静に努めしむ〟とある。

翌九日、杉野耕平軍医部長より病状報告があり、中佐は〝神経衰弱症ト推定依テ入院精査ノ予定〟という要旨が記されている。翌日、森本中佐は第二十二軍司令部附に命課された。

九月十三日に次の如き注目すべき中村師団長の記事があるので、そのまま引用しておく。

「午後不愉快というより寧《むし》ろ奇怪なる軍命令に接す則ち森本中佐の軍法会議は陸軍大臣の命令に依り和集団（第二十二軍）にて行はず波集団（南支那方面軍）に於て実施す依って速かに森本中佐を南寧に送るべしと。之を以て見れば今回の越境事件に対し東條陸軍大臣が如何に重視せられしかは窺《うかが》はるるも和集団の権限を無視したる此の処置は軍法会議法なる特別法の精神を蹂躪したるものなり」

森本中佐の越境事件については『歩兵第二十一聯隊・第十中隊史』に片山豊吉氏の左の如き記述がある。

六日の越境、二十三日の進駐について、なかなかニュアンスに富む内容である。

——九月五日、第三大隊長森本中佐指揮に依り鎮南関に集結、大隊長は第三大隊将校集合命令を伝達された。「第三大隊は只今より仏印に向って行軍するが皆の意見はどうか」と聞かれ、先任将校小川大尉（機関銃中隊長）は別の場所に将校全員集合せしめ、森本大隊長の心中を察し「否」と云えば実行する可能性がある為《ため》、「よろしいでせう」と云えば取止めになると合点して「それは結構です」と申上げたところ、平素なれば反対される大隊長がこの時は即座に結構と申され、第十中隊は本隊の前進を容易ならしむる為左第一線、本隊は右第一線にて仏印領内に入り「ドンダン」の丘の上に到着し兵営を眼下に見下したり。

仏印側の歩哨と交渉するも進まず、兵営上の国旗を降し、ラッパの音がするもお互いに発砲せず、直ちに、ランソンからサイドカー二台にて仏軍将校来たり、交渉の結果第三大隊は引揚を始めたり、時正に十二時頃下士官兵は伏して兵力を見せずに兵営付近の見取図を書き納めた。

聯隊本部より連絡ありて「大隊長は直ちに本部に出頭せよ」との事、以後集合度々にて中隊長等連日連夜会議の結果遂に「鬱病」と云う事にして大隊長は入院にて決着した。大隊長は自分の為に三大隊の将兵に迷惑を掛けたので切腹するとの事なりしも師団長等が特に「森本お前の気持はよく判る切腹は絶対してはならぬ」との事にて一応幕切れとなった。

第十中隊は龍州方面に後退させられた。

九月二十二日、師団長命令に依り（鳳杯村）に集結、二十三日午前零時第十中隊は軍旗護衛となり聯隊本部と行動を共にす。

三木部隊長は馬上に在りて時計を見て零時になると同時に手を揚げ前進命令を下令す。暗夜の中「チェッコ弾」の音響き渡り敵軍抵抗の青釣星が打ち上げられた。やがて砲弾が落下し始め、第十中隊は敵の退路遮断の命を受け又々砲台山の攻撃の命に依り砲台山を攻撃す。夜は次第に明け眼の前に砲を見て勇士一同山上に駈け上りたり。時恰も鎮南関より友軍の十五糎《センチ》重砲の砲撃に依り一同友軍砲弾に危険此《こ》の上なく、富岡中隊長緊急無電に依って連絡、砲撃は中止されホッとした。

敵も砲撃をやめて山上静かになりたり、敵陣から白いものが見えて我が方に向って来た。良く見れば白旗にて、これぞ正しく降伏の白旗なり、始めて見る白旗仏軍将校、下士官兵と犬も連れて、バスタオルを木の枝にくくりつけたる旗なり、中隊長は一同に「紳士的に取扱うよう申し伝へらる」と。山口伍長に交渉さすも言葉は余り通ぜず、大体の意味くらいだった。

仏軍曰く「日本軍は先般も越境し又越境とは」云々なるも、我々は武装解除を行う故に壕に居る兵士に武器を捨てるよう申して、安南兵のラッパ士がラッパを鳴らした所、一同武器を持参したり、仏軍将校に腰の拳銃を離すよう、手で指すも仏軍将校つかつかと歩み来り、中隊長の腰の軍刀を示し、「日本軍武士の魂である軍刀と我らの拳銃とは同じ性質のもの、弾丸だけは手渡すが銃身だけは手渡すことはできない」と云って粘り遂に身体から離さず終り、彼等の交渉に只あきれる位なり、又武器を山上から下まで運ぶのも安南人のみ使役に使い仏軍は面子に掛けて、そう云うことは出来ぬと云いながら遂に身体だけで山を下りた。如何に仏軍が現地人と差別的にあるかを知った。

砲台山の戦闘は大体終りたる頃、山の下の道路に自動車に白十字のマークをつけた車が停車して、中から澄田少将閣下が降りられ、「只今大至急にてハノイから連絡に来た、皆んなは大変なことをしてくれましたね、日本と仏印と交渉が出来て、平和進駐が出来るようになったのに迷惑でした。勇士の皆さん弾丸に当らぬよう姿勢を低くして万々怪我のないよう」と諭されたり。

ドンダン攻略戦を終り、ランソンに向って追撃を開始し、夜行軍にて途中デムヘイにて戦闘戦死者を出し、翌日「諒山《ランソン》」に到着して「ブドー酒」を「バケツ」で下給され、これ又一生の忘れ得ぬ思い出なり。諒山から「ドンダン」に帰着し北部仏印の警備につく、内地から慰問団来印あり、久しぶりにゆっくりしたる陣中であり、中隊の娯楽会等思い出の町ドンダンなり。

2　進駐前後の事情

1

森本大隊の越境事件を少々補足しておくと、事件の前日、第十中隊は、あわただしい空気に包まれていた。弾薬の支給や、糧食の配分に夜中までかかっている。

森本大隊長は「明日はドンダンへ豆腐《とうふ》を買いに行く」と余裕のある言葉を発している。

明けて九月六日、背嚢《はいのう》、防毒面を除き、弾薬糧食のみ携行の軽装で、南部鳳杯村より仏印へ入り、仏印軍のドンダン兵営を見下ろす台上に進出して、中隊は休息する。

仏印軍の、非常呼集のラッパが聞こえ、オートバイ、自動車の動きが手にとるようにわかる。しかし、射撃はして来ず、中隊はその場で昼食をする。

そのうち仏印軍将校（フランス人）三名来たり、大隊長と会見する。各中隊長はその後方に並び、会見の模様を見ていた。

外語大学出身の吉松伍長の通訳で話し合う。仏印側は「ここは中国の地でない、仏印領だ。直ちに後退するように」と繰り返す。もし仏印側から発砲して来れば、応戦して、ドンダン兵営を占領する手筈になっていたが、抗議だけである。午後二時過ぎ、やむなく引き返して二山村の宿舎へ帰る。

要するに、これだけのことが、外交上の大問題となり、不法越境事件の全貌として、森本大隊長は精神病者として入院させられ、第三大隊は龍州の警備として遠去けられ、第十中隊は龍州より五里も遠い上金の警備となる。

右の処置につき、師団長の「仏印進駐の真相」の中には「越境事件に対する上司の態度」なる文章があり、師団長の思いをよく伝えているので、引用しておきたい。

一、九月八日午前十時、軍参謀権藤中佐来着越境事件を調査す。午後四時岡本、三木両部隊長森本中佐を連行し来り面接す。予は一言して曰く『予は兵団第一の勇士に功名を頒《わか》つ事能はず重大過失を犯さしめ上司に其の不徳を謝し君と共に其の裁決を待って居る決して今後軽率の処置をとらず自重謹慎せんことを望む』と此の時中佐は狂気の如く床上に伏し倒れ一言も発せずさめざめと落涙滂沱《ぼうだ》両部隊長も吾も亦共に泣けり。直ちに別室に移し安臥せしめ終夜同僚をして監視保護心身の沈静に努めしむ。

二、九月九日杉野耕平軍医部長より医官調査の病状を報告す其の病状左の如し。

体格強健、神経筋肉反射殊ニ諸腱反射亢進皮膚紋画症《ひふもんかく》著明、眼瞼著搦、手指震顫《しんせん》、ロンベルグ氏現象陽性、沈鬱性ニシテ記憶力、判断力、精神的連鎖何レモ減弱、耳鳴ヲ訴へ感情激シ易ク妄想アルガ如シ

以上ニ因リ神経衰弱症ト推定依テ入院精査ノ予定

右要旨を軍に報告す。

三、九月十日和集団古川法務部長久納軍司令官の命にて調査に来たる依って判明せる現況一切を説明す此の日森本中佐は第二十二軍司令部附に命課せらる。

四、九月十一日渡辺参謀長は南寧に招電出発、古川法務部長、幾尾参謀は鎮南関に至り調査す。

五、九月十二日古川法務部長は、帰寧し参謀長は十時帰団す。其の報告に波集団は対仏作戦を断念しあらず中村兵団は気を腐らすことなく現駐地にありて後命を待つべしと。

三木部隊長より軍法会議に提出すべき森本中佐の捜査報告を提出す。

此の日岡本少将より来信あり。

謹《つつしん》て閣下の寛大なる御処置を謝し軍法会議の判決を相待ち可申候十五日に龍州に前進し心機一転して御奉公に驀進致し度存候御安心被下度候

仏印のしととしとと降る長雨に

さかりの菊も腐りぬるかな

六、九月十三日、本朝平山副官に捜査書類並に越境事件に関する筆記特別報告を携行せしめ南寧に派遣す。

午後不愉快というより寧《むし》ろ奇怪なる軍命令に接す則ち森本中佐の軍法会議は陸軍大臣の命令に依り和集団にて行はず波集団に於て実施す依って速かに森本中佐を南寧に送るべしと。之を以て見れば今回の越境事件に対し東條陸軍大臣が如何に重視せられしかは窺《うかが》はるるも和集団の権限を無視したる此の処置は軍法会議法なる特別法の精神を蹂躪したるものなり。

——右の引用した文中に見られる軍内部の事情は、なかなかにニュアンスに富むが、何といっても中村師団長の、東條陸軍大臣に対する憤懣の情が眼を惹《ひ》く。

越境部隊は、九月十八日に上金を後にまた仏印国境に帰り、二十三日に仏印に進駐、ドンダン、ランソンを攻略する。

森本大隊長は責任追求をされ、三木聯隊長中村師団長の転任にまで累《るい》が及ぶが、それは後述することにして、ここでは、複雑微妙な仏印平和進駐の経過を、きわめてわかりやすく解説された記録があるので、その記録をつとめて忠実に引用しておきたい。

中村師団長の「仏印進駐の真相」の中に「外交調査会席上久米正雄講演抜萃・仏印進駐の前後」と題する引用があり、講演者が民間人の文学者なので、平明な言辞で、見聞所見を述べている。生硬な軍事用語と違って、事情が行き届いて解明されている。中村師団長の「仏印進駐の真相」は、師団長が思いをこめた述懐を綴ったもので、戦闘要図、行動間の風景事物のスケッチまで添えられている。

2

●久米正雄講演要旨

〔進駐に関する現地交渉〕

仏印との軍事協定と申しますが、国境監視団を入れるという最初の、所謂《いわゆる》西原機関を仏印へ入れて、援蔣物資輸送の遮断に協力するということを仏印当局が承知したのは既に去年の六月でありまして、それまでは外交交渉で行ったわけであります。

その後西原機関だけではどうも援蔣路の遮断が効果的でない、少くともビルマルートなどが再開される以上、色々な意味でもう少し重要な直接的な、実力的な遮断をしなければならぬ、それが為にはどういう交渉が行われたかは知りませんが、少くとも空軍基地の一つと空軍基地を守るだけの兵力を入れさせろという位のことが条件だったろうと思いますが、そこで最初の松岡・アンリー会談が八月五日頃からはじまって、八月二十五日頃に本国と本国の間には協定が出来上がった。

そこでいよいよ松岡・アンリー会談の現地に於ける細目の承認というのに八月の末から掛

かったわけですが、それには大本営からも作戦部長の冨永少将という方が向こうに参られ、その当時南支派遣軍の参謀副長をしておられ、今度軍務課長に栄転されてお帰りになられた佐藤賢了大佐が、南支派遣軍を代表されて細目協定に参加されたのであります。

そこで現地軍はどうかということをこの佐藤大佐などを通じ、その他の現地軍の方々の意見を聞きますと、要するにこれは普通の純粋な経済協定、商業協定などの外交交渉と違って、皇軍の進駐を承認させるというのには軍の意見としてはどうしても相当な圧力を加えて交渉の側面援助をしなければ――むしろある意味に於ては実力行使に近い態度を以て臨むのでなければ、こういう交渉は純粋な外交的な交渉だけでは成立しないという見透しをはじめから立てていたようであります。そこで佐藤大佐などが非常にその点に於て努めて仇役を演じた。

現地軍としては、西原機関を通じての外交交渉を鞭撻《べんたつ》するというよりも、あくまでも現地軍の決意を示すことによって、交渉を早めようということに専念したわけであります。

〔煮え切らぬ仏印側の態度〕

当時はカトルー総督、マルタン大将が司令官でありましたが、カトルーあたりも煮えきらないし、仏印当局が何時まで待っても誠意のある返事をしない、その間には色々細々とした事情もあったようであります。例えば日本側が二万五千の兵力はどうしても進駐させなければならぬというのに、仏印側に於ては六千でたくさんではないかとか、進駐軍はハイフォンに近寄ってくれては困る、ハノイに駐屯することは困る、飛行場もハノイあたりの大きな飛行場では困るから、地方の小さな飛行場にしてくれというようなことをつべこべといったらしい。

〔我が軍行動を決意〕

そういうことでかれこれやっている間に九月十六日になりますと、南支派遣軍に於てはすっかり肚《はら》を決めまして、九月十六日に訓令を現地軍に出し、また態度をハッキリした。つまり九月十六日から一週間置いて九月二十一日の二十四時（二十一日午後十二時）までにこれこれの条件に満足な回答を与えろということを仏印側に要求したのであります。

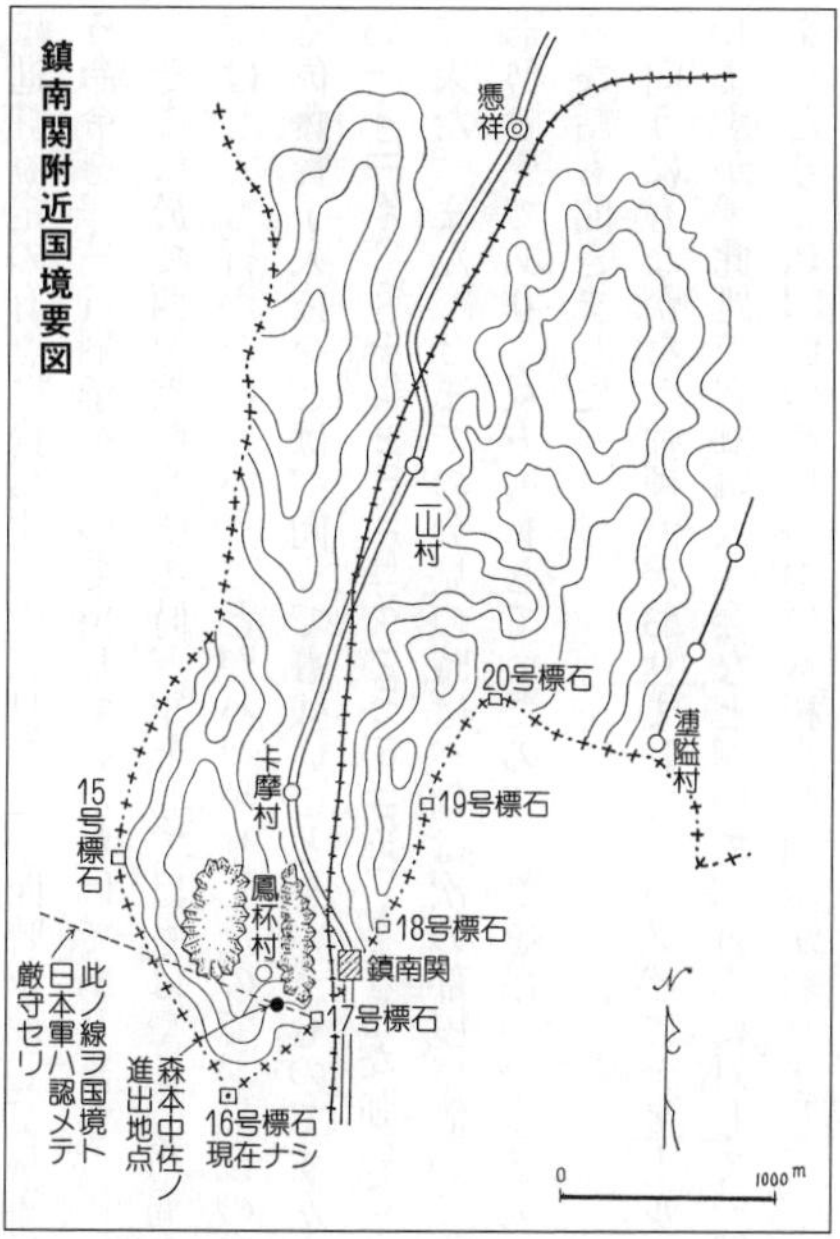

それと同時に南支派遣軍に於ては出先の軍に向って、二十一日の夜の十二時に仏印側が満足な回答を寄越す筈だ、或は場合によっては回答を寄越さぬかもしれぬ、しかし軍

は進駐協定の有無に拘らず二十二日の二十四時を期して皇軍は独自の行動を開始すべしという命令を、一日猶予を置いて出していたわけであります。

そこに於て西原機関もその時、軍としてはもはや仏印当局の誠意のないことも知り、尋常ではとても行かないということがハッキリしたので、最後の会見の時などは、軍の代表である佐藤賢了大佐などは、向うでも強いことをいうものですから、こっちもそれに連れて、つい I will see you again at the battle field. と非常な強いことをいって最後の会見を切上げて来た。また、今までの会見の時は、剣は次の部屋に置いて交渉をしていたが、最後の時は形勢険悪であり、双方興奮していたので、剣を吊ったまま入ったのも初めてだったというような話も聞きました。

向うにもなかなか強硬派がおりまして、ハノイにテアトル・ミニュシパルという劇場がありますが、此処で在郷軍人大会など開いて、日本に対して一戦敢て辞せずというような決議をしたり、仏印側の将校の中にも相当強硬派がおりまして、日本軍は支那軍などを相手にしているからこそあの程度で勝っているが、世界一の陸軍国の流れを汲む仏印軍は決して日本軍に負けるものではない、というようなことをいっていた者もあるのであります。

〔十八時間遅れて現地協定調印〕

しかし西原機関としては、最後まで外交交渉に望をつないで、あくまでも粘って、その間いろいろと交渉を重ねていたわけでありますが、二十一日に至って遂に打開の道がなくなりまして、そこで居留民はこれより先、ハイフォンに集結して八洲丸という船に乗って海南島に向って引上げたのであります。そうして西原機関も最後の二十一日の夕方、汽車でハノイからハイフォンに向って引上げたのであります。

ハノイからハイフォンへは汽車で二時間かかりますが、またこの間には非常に立派なドライヴ・ウエイが出来ておりまして、フランス人などはここを自動車で飛ばせば一時間で行くことが出来る。吾々も一時間半かかれば行けるのであります。それを汽車に乗ってプラットフォームで別れなど告げて、いわば堂々と未練たっぷりに引揚げた。というのはその間仏印当局が後から追い駈けて来るだろう、こういう肚があったからであります。

二時間汽車に揺られてハイフォンに着きますと、果たして仏印当局では後から自動車で追い駈けて来て、まあ交渉は決して最後の段階に行っていない、これからつづける余裕があるというので、そこでハイフォンの波止場に横着けにされておりました軍艦の甲板上で、改めて交渉が再開されたわけであります。

仏印側ではサバチエという連絡将校が中々活躍いたしまして、中に入っていろいろと取きめてくれて、その協定のいわゆる現地確認というものがハッキリ出来上がって、その調印が終わったのが、実は二十二日の十八時であります。つまり二十二日の午前零時までには満足なる回答を出すべしという我が方要求の最後の時間に遅れること十八時間、やっと現地協定が出来上がって、ハイフォンのホテル・クメルクの第十七号室で歴史的な調印が行われた。

〔前線は既に進駐開始〕

この調印が終了するや、西原機関の陸軍の有賀少佐という方がその訓令を携行しまして、ハイフォンから国境線のランソンまで飛行機で飛びまして、ランソンからドンダンまでは飛行機は行きませんので、其処はトラックで飛ばしました。ドンダンから先は戦車壕などが掘ってあって車が通じないので、そこから先は馬に乗りまして、有賀少佐が一人の通訳を連れ、フランス軍の陣地から逆に入って行って、龍州から鎮南関を経て、国境線に集結していた中村兵団の最前線に辿り着いたそうであります。

そこで有賀少佐が、かくかくの次第で最前線への到着時間は遅れたが、十八時にこういう協定が出来上がって、向うの指定の時間に進駐することになったから、独自の行動はしばらく中止されたい、と申し入れると、最前線の将校は、あなたのお話は一つの情報としてお聞きすることが出来る、それで結構だが、こっちは今夜の十二時を期して進発する態勢を御覧の通り整えている、だから進発した際にフランス軍に於て抵抗さえしなければそれでよいじゃないか、私共は大本営の命によって今夜の十二時を期して協定の有無にかかわらず皇軍は独自の進駐を開始すべしという命を受けているからその命令に従うより外はない、というので、有賀少佐はそのまま帰られた。

かくしているうちに、この時がもはや九時でありますから、時間は刻々経ちまして、遂に十二時が来た。中村兵団に於ては愈々《いよいよ》時が来たというので、向うでは既に戦車壕を掘っておりますので、一個小隊の尖兵と戦車壕を修繕する為の工兵を付けて国境線を突破して進発させたのであります。国境線を突破して入った直ぐ左方の所に約二百メートル程の丘がありま す。その丘の側に赤い煉瓦で出来た仏印軍の監視所があります。そこに仏印の監視兵がおりまして、国境の道路上に蠢《うごめ》く日本の兵隊の姿をみて、彼等は最初ドンドンと撃って来たのであります。

この二発の銃声がいわゆる不幸なる衝突の初めでありまして、この銃声を聞くや否や、こちらも忽《たちま》ちこれに応戦、向うは機関銃を撃ちかけて、不幸なることにはその時、尖兵の小隊長の松村少尉という方が討死してしまわれた。もはやどうすることも出来ず、中村兵団は主力を挙げてドンダンに向って、国境線を突破してなだれ込んだのであります。

〔国境の不幸なる衝突戦〕

ドンダンの村は、実に瀟洒《しょうしゃ》たる国境の村でありまして、フランスの片田舎を想像するに足る谷合の実に綺麗な村でありました。龍州や鎮南関などのウンと汚い支那の町で苦労した皇軍の将士がこの風景を望んで勇躍しなかった筈はないと、私共には考えられるのであります。ドンダンの南の山に仏印側の兵営がありますが、これも煉瓦建の立派な兵営で、その兵営を中心にして深い壕を掘って、難攻不落の陣地を彼等は築いていたわけであります。その陣地とこちらの主力との間には正面衝突が行われたのであります。向うはランソンから重砲を撃ってきましたので、我が部隊も重砲を以て応酬し、しかも空中戦が行われて、向うの飛行機を三台射落しているということも事実らしいようであります。

その他向うの軍の装備としては最新式の戦車を持っていたそうであります。私は見たわけではありませんが、何でもキャタピラと中味とが別々になっていて、キャタピラがいくら傾斜しても中味は水平を保っているというような、最新式の戦車であったそうであります。そういう戦車も持っていて、仏印軍の抵抗力は確かに支那軍の四、五倍は強かったということを、その時実際に戦った人達がいっているそうであります。

こうした正面衝突をやってこれが正午頃まで続いていたのでありますが、その時に右翼から迂回した快速部隊が鉄道線路を伝って兵営の背後に廻りまして退路を遮断しそうになった、その為に仏印軍もいよいよ堪《たま》らなくなって、なだれを打ってランソンの方へ退却したわけであります。

〔ドンダンからランソンへ〕

この国境の衝突は忽ち電報となって西原機関とマルタン大将の方に伝わりまして、日本軍はこういうふうになだれ込んだそうだがそれでも日本軍に軍紀ありやということを、仏印側はいってきたそうであります。仏印側が抵抗してきたことも事実で、日本軍もこれに応酬したのでありますが、しかしとにかく協定の第何条かにハッキリこれが出来上がるまで双方ともそういう風な軍事的な行動は起こさないということが謳《うた》ってあったそうでありまして、それでは困るというので陸軍の方の代表の小池大佐が急いで正面衝突の真中へ駈けつけたのであります。

仏印側の将校を連れて日本軍と停戦をさせようと思って仏印側から日本軍の方へ行ったところが、いきり立っている日本軍の前線は中々そういうことを許しそうもなく、仏印の将校を連れて行って談判をしようと思ったところが、日本軍の前線の将士はその仏印将校を殺そうとして銃剣を突き刺そうとして困ったので、小池大佐がその前に立ちはだかって止めたら、小池大佐の肩越しに仏印将校に痰《たん》を吐きかけたというようなことまであってその場はそれで済んだのでありますが、しかしその協定があったのに拘らず仏印側が抵抗したとは何事ぞというので、我が兵団に於ては抵抗の故を以て追撃を開始すべしという追撃命令を出し、ランソンに向って堂々と追撃を開始したのであります。

二十三日からはじまりまして、二十三日の正午にはドンダンが陥ち、一日置いて二十五日の午後一時になりまして、ランソンの南の郊外にやはり兵営がありましたが、その兵営の近くに岩屋があって、その岩屋の中に前線司令部を置いて、洞窟内から指揮していたらしいのでありますが、その洞窟内ではクルべ大佐などというのが日本軍の爆撃を受けて死んでおります。

（右の文章をみると、森本大隊の九月六日の越境事件があろうとなかろうと、日本軍の平和進駐は、時の流れに乗って、かまわず実現したであろうということがわかる）

3 進駐前夜の明暗

1

久米正雄の講話は、ドンダン、ランソン攻略の経緯を語っていたが、昭和十五年九月二十三日の日本軍部隊の北部仏印進駐の前日に成立した「西原・マルタン協定」について、略述しておきたい。

一、本協定ハ左ノ件ニ関ス。
一、東京州《トンキン》ニ於ケル数個飛行場ノ使用
二、日本軍若干兵力ノ駐屯
三、場合ニ依ル日本軍ノ東京州ノ通過
四、日本先頭部隊ノ入国

右のうち「日本先頭部隊ノ入国」の項については、次の如き協定がある。

日本先頭部隊ハ、九月二十二日ハ日本軍当局ニ依リ厳守セラルベキモノナルニ鑑ミ部隊搭載ノ第一船ハ右期日ニ海防《ハイフォン》ニ入港スルコトヲ得。然レドモ上陸部隊ノ上陸条件及ビ駐屯地点ヘノ移動条件ニ関スル特別協定成立セザル限リ部隊ハソノ船舶ヨリ下船セズ又ソノ他ノ輸送船ハ港内ニ入ラザルモノトス。
五、日本軍ノ東京州通過輸送
目下、支那、印支国境付近ニ在ル日本部隊ハ日本軍当局ノ要求ニ基キ海防港乗船ノ為印度支那領土ヲ通過シテ輸送セラレ得ルモノトス。

此ノ部隊ノ輸送ニハ詳細ナル研究ヲ必要トスルヲ以テ両参謀部間ニ於ケル特別協定ヲ要ス此ノ協定ガ成立セザル限リ何レノ日本部隊モ印度支那国境ヲ超エザルモノトス。
六、一般事項
本協定ニ掲ゲアル諸規定事項ヲ除キ千九百四十年九月四日署名ノ基礎事項ハ仝部効力ヲ有スルコト勿論ナリ。
両参謀部ハ本協定ノ実施方法ヲ定ムル為ニ爾今常時連絡スルモノトス。
千九百四十年九月二十三日
於「ハノイ」
西原少将
マルタン将官

北部仏印平和進駐については、なにかとニュアンスの違う見方もあるので『大東亜戦争全史』（服部卓四郎大佐編）にある記述の、要点を抜萃しておきたい。記事は「支那事変解決の努力」として一章が設けられている。

〈仏印の軍事的価値援蔣ルート遮断〉

昭和十五年六月二十日、仏国政府は仏印を通ずる援蔣物質の輸送を禁絶することを承認し、これが監視のため大本営陸海軍部より派遣せられた西原一策陸軍少将を長とする機関は、七月二日以降、仏印に常駐所を開設した。

元来、仏印ルートはビルマルートと共に、援蔣ルートの大宗であって、しかも右誓約に拘わらず、仏印当局の取締りに対する誠意は必ずしもこれを認め難く、又人員僅少なる日本派遣機関の監視を以てしては、その禁絶の完璧を期し得られなかった。加えるに大本営はビルマルート遮断のため、昆明《こんめい》方面に対する航空作戦遂行の根拠地を、地理的関係上、北部仏印に求める必要があった。

当時ビルマルート禁絶についての日本の要求に対しては、英国は七月八日はこれを拒否する旨の回答を寄せていたのである。

更《さら》に大本営は、全般作戦の見地から当時広西省南寧《なんねい》付近における重慶軍との会戦後、同地西方地区にあった第五師団を速やかに上海地区に集結する必要に迫られていたが、これは交通網等の関係上、北部仏印を経由するにあらざれば極めて困難な状態にあったのである。

かくして、前記「世界情勢の推移に伴う時局処理要綱」において仏印に対する日本軍の軍事的要求を仏印をして容認せしめる必要があった。

〈松岡・アンリー協定〉

右のための外交交渉は、東京において松岡外相とヴィシー政府により任命せられていたアンリー仏国大使との間に進められ、八月三十日原則的諒解が成立し、両者の間に公文が交換せられた。それが一般に松岡・アンリー協定と呼ばれるところのものであって、日本はこの協定において、仏国の主権及び領土の尊重を確約し、且つこの措置が支那事変遂行の期間に限られるべきものとなることを明らかにしたものである。

〈第五師団越境事件〉

これに基く兵力進駐に関する現地細目交渉は、前記大本営仏印派遣機関長と仏印政庁との間において、九月四日一応成立を見たが、仏印側は、偶々《たまたま》、九月五日発生した鎮南関付近における我が第五師団の一箇大隊の越境事件を理由としてこれが無効を主張した。已《や》むなく現地交渉は更《あらた》めて続行せられ九月二十二日午前四時三十分に至り漸《よう》く協定が成立した。この間、仏印側の極力交渉を遷延させようとする態度が明らかに認められ、大本営陸軍部においては、武力進駐を主張する参謀本部一部の強硬論と、平和進駐を主張する陸軍省の穏健論との応酬が、繰返され、東條陸相は、たとえ進駐遅延するも友好的に進駐すべきを強く主張した。又陸相は前記第五師団の一部が上司の命令によらずして越境した事件は、たとえその大隊長の誤認に基くとするも、厳正なる統帥軍紀確立のため、看過し得ざるものとして、当該大隊長を軍法会議に附し、更に九月二十六日に至り、右監督の責任を負うて南支那方面軍司令官安藤利吉中将は罷免せられ、次でその他の関係軍司令官、師団長、聯隊長は或いは罷免、左遷せられ、或は処罰せられた。

これより先、九月四日現地交渉の成立に伴い、翌五日大本営陸軍部は、南支那方面軍司令官に対し、「現任務遂行の為軍の一部を以て北部仏領印度支那に進駐すべき」旨の大本営命令を発令した。然るに仏印側の協定無効の通知により進駐部隊は進駐を中止して待機するの已むなきに至っていた。

〈仏印の遷延態度と四相会議〉

ここにおいて政府は、仏印側の遷延態度に対処するため、九月十三日四相会議において次の如き主旨の方針を決定した。

1、九月二十二日を期限として、交渉し、交渉不成立の場合に於ても進駐を開始する。

2、交渉不成立の場合の進駐も極力平和的に実施する。但し仏印側が抵抗した場合に於ては武力を行使して目的を貫徹する。

右決定に基き、大本営陸軍部は九月十四日、南支那方面軍司令官に対し、「北部仏領印度支那進駐日時は九月二十二日零時（東京時間）以降とし進駐に方《あた》り仏領印度支那軍抵抗せば武力を行使することを得る」旨の大本営命令を発令し且つ進駐の目的が「対支作戦の基地を設定すると共に支那側補給連絡路遮断作戦を強化するに在る」ことを指示した。その後右進駐日時は、十七日に至り「二十三日零時以降」と変更せられた。而《しこう》して進駐日時の細部は、現地陸海軍司令官の協議決定にまかされていたのである。

〈進駐経過〉

かくして、日本軍の北部仏印進駐は、陸路及び海路の両方面から行われたのである。陸路進駐部隊たる第二十三軍司令官久納誠一陸軍中将の指揮する第五師団は、九月二十三日零時を期して進駐を開始した。それは協定成立後約十時間の後であったが、第五師団は、武力進駐の態勢を以て進駐し、且つ第一線部隊は彼我共に、海防《ハイフォン》における現地交渉の成立を承知しないものもあった。勢い彼我の第一線軍隊間に、大本営首脳としては予期せざる戦闘を惹起した。

そこで大本営陸軍部は直ちに、二十三日午前三時「陸路よりする仏領印度支那への進駐は別に指示するまで中止すべし但し既に越境せる部隊は概ね現在地付近に集結し且つ既に戦闘を惹起しあるに於ては之が紛争を成るべく局地に止むるものとする」旨の指示を発電し戦闘は翌二十四日概《おおむ》ね終熄《しゅうそく》した。

海路進駐部隊たる印度支那派遣西村琢磨陸軍少将の指揮する歩兵三大隊基幹は九月二十六

日海防に平和裡に上陸した。然しこの際、万一の場合における上陸掩護に任ずべき日本軍陸軍飛行機の一機が、搭乗員の錯覚に基き海防西南方郊外を誤爆した事件が起きた。而してそれが誤爆であることが大本営において判明したのは、翌二十七日であった。

〈東條陸相の問責人事〉

今次進駐にあたり、仏印との協定が成立したにも拘らず、戦闘を惹起するに至ったことは、東條陸相及び大本営首脳の甚《はなは》だ遺憾としたところであって、現地に作戦指導のため派遣せられていた大本営陸軍部作戦部長冨永恭次少将は帰還と同時に更迭せしめられ、その後その他の大本営陸軍部の関係主要幕僚も更迭を見るに至った。

東條陸相は就任以来、部内の統制維持を特に重視し、人事にそれを反映せしめんとしていたが、仏印進駐にあたり惹起した紛争の責を問い、東條陸相が断行した人事は注目すべきものであった。

〈南進の第一歩＝米英の反応〉

以上の如き経緯を以て、日本軍の北部仏印進駐が行われたのであるが、大本営陸軍部は早くも九月二十六日、陸路進駐した第五師団の仏印よりの撤退を発令し、南方情勢の発展に備えて、それを上海付近に集結せしめ、戦力の恢復《かいふく》を図ると共に上陸作戦の訓練を実施せしめた。

北部仏印進駐は、支那事変の早期解決に資する目的で行われたのであるが、南進の第一歩を進めるという狙いも、陸軍首脳部の意志に反し、統帥部の一部に存在したことも争われない事実である。いずれにしても結果において、日本はこれにより南進の第一歩を踏み出したのである。

日独伊三国条約の発表と日本軍の北部仏印進駐に対し、米国は直ちに反応を示し、九月二十六日、屑鉄及び鉄鋼の西半球諸国及び英国以外への輸出禁止を発表し、また英国は十月八日、援蔣ビルマルートの再開を通告して来た。私はこのビルマルートに関し、在陣中興味ある情報を支那側から入手、メモしていたからここに付記し、英支外交の老熟振りを紹介し後人の参考にする。

〈香港支那情報〉

英国が日本の申入れを承諾して今後三ヵ月この公路の遮断に決したことは苦々しい限りであるが、この三ヵ月間は降雨夥《おびただ》しく土辷《すべ》り等がしばしばあって、実際は役に立たぬ時期である。

香港ロータリークラブのR・Cロバートソンは忿懣《ふんまん》に堪えず次のようにいった。「わが重慶の友人達は紐育《ニューヨーク》トリビューン紙の所説としてルーター通信が伝えた左の記事を見落しはしなかったのかと信ずる。即ちもし日本にして『英国は日本に負うところに対し可及的速かに之を利息と共に返却する（必ず復讐するの意）』といったチャーチルの言が解らぬならば、英国には表面に現れた以外の意味が含まれていることを彼等日本人に教える必要がある」と。

サルウィン河渓谷から西に降ると、有名な湿地でマラリアの猖獗《しょうけつ》する危険な土地に入る、雲南の保山には次の如き注意を書いた石碑が建っている。

「雨期にこれより西に旅する者は非常な冒険を覚悟せよ。シャン州に入り、サルウィン河を横切る者は遺書を書くべし、また妻を離別し或いは妻の再婚を認める決意を表明すべし、如何となれば生還は期し得ぬからである」

2

中村師団長は昭和十五年十月十六日に、阿南陸軍次官より電報で、「第五師団長を免じ参謀本部付仰せ付けられる」との発令あり、また岡本少将、三木大佐は留守司令部付となった。

中村師団長は十月十七日、「ドンダン」に至り戦死将兵の忠魂を弔う三木、徳沢両部隊の将校と昼食を共にし、午後二時、堵列《とれつ》将兵全員に別辞を呈し、思い出深かりし「ドンダン」を後にして「ランソン」に帰った。

十月十八日に岡本少将後任杉浦少将、三木大佐後任原田大佐が着任、午前十一時、「ランソン」駐屯部隊の靖国神社大祭遙拝式に列し、終了後、師団長離任の辞を述べ、ここに行事一切が終了した。

左は、師団長が、兵団全将兵に告げた別れの言葉である。

別れの言葉

皆さんに一言別れの言葉を申します。中村は仏印進駐の完了した此の際大命を拝し名残り惜しくも皆さんとお別れせねばなりません。顧みれば皇紀二千六百年春雨けぶる中に真紅に咲いた「カポック」の花を眺めはじめた頃から南支最南の地で炎熱の全期を通じ対支、対仏印作戦にお互い生まれてはじめての耐熱の試錬をしかも瘴癘《しょうれい》の地に体験しつつ日夜生死苦楽を共にし明浄和親一致団結、愉快に御奉公が出来た事を衷心感謝いたします。ほんとに皆さんは中村を助けて働いて呉れました。今回の歴史的仏印進駐が最小の犠牲で最大の効果を成し遂げられた事は全く皆さんの奮闘の賜であります。

此の偉勲は昭々として万世に伝わりまた皆さんは仏印作戦の勇士として皇紀二千六百年八《はっ》紘一宇《こういちう》の神勅顕現の年南アジアの要衝に皇威宣布の先駆者として巨大な足跡を留めたばかりでなく一億同胞から絶大な歓喜と感謝とを以て迎えられるものであることを私は信じて疑いません。此の喜びを私は皆さんと共にしつつ今後行動する事が出来ず、南国の秋の盛りを後にして一人帰るのは誠に淋しいことでありますが、生くる者には死あり会う者には別れがあることは天命であり況《いわん》や私の場合は大命であります。

今日大命拝受の日が奇しくも旧暦九月十五日陽暦十月十六日望月である。此の日仏印諒山《ランソン》付近は未曾有の大洪水空には陰雲漠々、一ヵ月前に明月を陣中でお互いに仰いだ時は、

もろともに眺めし月は変わるまじ

清き心の鏡とやせん

と胸中を語り合って奮闘したが此の変わらざる明月も影をひそめて姿だに見せず、此の地諒山一帯は滔々たる濁水、漠々たる密雲、沛然たる豪雨あまりにも一ヵ月前とは異りたる天地の姿そも何をか吾人に教う。今は非常時だ世界の危機だ百難万艱随時随所に襲い来ること今日の天候の如くだ、しっかりせよとの別れの日のよき戒めであると私は思う。真如の月の如くお互い明浄和親、一つの誠を捧げて雄々しく進む道は雪も雨も水も長く遮《さえぎ》る事は出来ん。よしや海山万里お互いに袖を分かちても心は同じ輝く望月の如く丸く清く朗らかに尽忠報国の誠を捧げて邁進すべきではないか。

変わる世に変わらぬ月を疑わじ

いつかは晴るる永遠の望月

死んだら神となって皇国を守ろう、生きていたら今は亡き戦友の忠霊に仕えましょう。皆さんのお顔を眺めて以上別れの言葉がかけ得られない事を残念に思います。どうぞ中隊長からよく皆々に私の気持を伝えて下さい。では御武運めでたく左様なら。

十月十六日　仏領印度支那諒山にて

中村　明人

中村師団長の「仏印進駐の真相」の「あとがき」からは、さらに師団長の心に秘めた想いが汲みとれる。

「平和進駐途上の不幸なる出来事」として発表したこの事件は、意外な大波紋を軍最高統帥に巻き起こし、遂に陸海統帥部を一新せしめ、大本営は陸は杉山、海は永野の両大将が帷幄《いあく》に幕僚長として列することになり、冨永作戦部長も西原機関長も枢機から離れて転職した。あと始末でなお残されてあったのは越境事件に対する判決のみであった。何故か事件直後は異例の捜査処置を命じた東條陸軍大臣しかもすばらしい決断力をもっている大臣がこの問題に関しては決心を躊躇して居られたのみならず、時に苦悩の色さえ見えた。蓋《けだ》し進駐後明瞭になった如く森本中佐の進出地点は明らかに支那領で越境は成立せず、全く仏印側の謀略にかかった様なものであった事が確認せられ、陸軍刑法の抗命にも擅権《せんけん》にも当らず従って軍法会議にかける要なきに至ったからである。

彼の異例の捜査を命じたる時、大臣は「軍法に照し厳重に処断する」と言明せられた手前この調査を慎重にせねばならなかったのではなかろうかと察せられた。陸軍省に於ける此等の事務担当局長である田中兵務局長が着任以来この事件も着々調査を進められ、翌十六年二月、さきに（昭和十五年九月六日）私が提出した進退伺いは「受理せられず返却す」との波集団参謀長根本少将の調書をつけて私に返却せられ、森本中佐も懲罰処分にて事件は解決し再び軍職に復することになった。

中村師団長は十月二十日の正午、愛馬越王に乗り堵列将兵一万余人に見送られて「ランソン」を去ったが翌十一月一日には、陸軍省課長中山源夫大佐を通じて、陸軍次官阿南惟幾中将、参謀次長沢田茂中将に、一文書を呈示している。長文の所感だが、師団長の無念が底流している。たとえば森本中佐越境事件については〝動機、原因極メテ単純ナリシモ老獪《ろうかい》ナル仏印外交ニ乗ゼラレ波及スル所大ナリシハ小官等ノ恐懼スル所ナリ〟とあり、西原機関との意見の相違にも触れるが、重要なことは、軍が兵団の変更を無益にやったため、仏印側がその虚に防備を固めてきたことへの危惧である。

〝ドンダンヲ攻撃シテ始メテ知リシガ頗《すこぶ》ル堅固ナリ。半永久（一部ハ永久築城タラシメッツアリ）築城シカモ重要ナル築城ハ我ガ兵団進駐後開始シタルモノナリ。若シ彼ニ一ヵ月ノ時日ヲ借サバ最早ヤ皇軍ノ力ヲ以テスルモ短時日ニハ多大ノ犠牲ヲ払ウトモ抜キ得ザルモノト判断ス。彼ハ一面老獪ナル外交手段ニヨリ一日デモ長ク遷延策ヲ講ジ其ノ間築城ヲ完備シ其ノ成リタル日ニ於テ敢然我ガ要求ヲ拒否セントスル外交術策ナリシコト明ラカナリ〟

＊

北部仏印平和進駐に際しては、平和進駐とはいえ、第五師団は戦死七十一、戦傷二百二十九の犠牲を出している。なお昭和十五年九月三十日の調べで、総人馬表は人員将校八百七十一、准士官九十五、下士官兵三万七百五十一、馬匹は日本馬四千三百五十五、支那馬三千四百一を数える。

左は軍隊区分（編成）の概要である。

〈右側支隊〉

長清水歩兵少佐

歩兵第二十一聯隊第一大隊

聯隊砲　速射砲　有線通信　近衛野砲兵聯隊第四中隊　工兵第五聯隊・第二師団第二十一渡河材料中隊・無線通信・衛生隊等ノ一部

〈挺進隊〉

長三木歩兵大佐

歩兵第二十一聯隊（Ⅰ・Ⅱ）

聯隊砲　速射砲　戦車第十四聯隊　近衛野砲兵聯隊　工兵第五聯隊　鉄道第五聯隊

通信・衛生・兵站等

〈岡本部隊〉

長岡本少将

歩兵第二十一旅団

歩兵第二十一聯隊・歩兵第四十二聯隊の主力　第二大隊機関銃・歩兵砲・通信隊他配
属各隊

〈楠本部隊〉
長楠本少将
歩兵第九旅団　隷下諸隊

〈歩兵隊〉
長堀毛砲兵大佐　及び諸隊

〈鉄道隊〉
長青村工兵大佐　及び諸隊

〈輜重隊〉　徳沢輜重兵中佐他

〈後方警備隊〉　長高橋騎兵中佐他

〈兵団直轄部隊〉　各隊（兵器勤務・給水・防疫・野戦病院等の諸隊）

4　森本中佐越境事件の総括

1

森本中佐の越境事件を含む、北部仏印平和進駐の経緯については、さまざまな角度からその本質を検討してきたが、最終的な総括として、ここに、左の電文を引用したい。

人事極秘　波集人高第六七〇号
森本事件処理ニ付指示ヲ仰キ度件伺
昭和十五年十二月十二日
南支那方面軍司令官　後宮　淳
陸軍大臣　東條英機殿
首題ノ件ニ付再調ノ結果別紙認定事実及意見ヲ具シ更《あらた》メテ指示ヲ仰キ度及伺

右の電文に添えて、再調の「事実」とそれによる「意見」が綿々として綴られているが、森本事件から三ヵ月余を経ているので、つまりは森本中佐の罪過の減免を願っているのである。

同時に、越境が何故かくも大事件にされてしまったか、また中村第五師団長が何故精魂こめて、「仏印進駐の真相」なる手記を書かざるを得なかったか、さらに、軍上層部のものの考え方、加えて、上級者への態度と下級者へのいたわり——等々の裏面事情がおのずと解かれてくる。

左に電文に添えられた、南支那方面軍司令官後宮淳中将名によって綴られた事件の「事実」と「意見」の全文を紹介しておく。こまかく配慮を尽くした文章である。

一、事実

被告人森本中佐ハ大正五年十二月二十六日陸軍歩兵少尉ニ任ジ、爾後累進シテ陸軍中佐ニ任ジアルモノナルトコロ、昭和十四年七月歩兵第二十一聯隊大隊長ニ補セラレ第三大隊長トシテ北支那ニ出征次テ南支那ニ転進、同年十一月広東省欽州《きんしゅう》ニ敵前上陸ヲナシ南寧作戦、賓陽《ひんよう》作戦ニ参加シ更ニ昭和十五年六月十九日ヨリ仏印国境方面ノ行動ニ参加シタルカ先是本行動ニ関シ南支那方面軍司令官ハ龍州方面敵対外連絡遮断ノ為和集団ニ対シ昭和十五年

六月十六日一〇、〇〇作命甲第八二号南支那方面軍命令第二項ヲ以テ
細部ニ関シテハ参謀長ヲシテ指示セシムト令シ
方面軍参謀長ハ同日右作命ニ基ク指示第一項ヲ以テ
行動地域ハ仏印ニ膚接シ而モ仏印側ハ今ヤ神経愈々《いよいよ》高マリアルヲ以テ渉外事項ノ発生ニ関シテハ厳ニ注意ヲ加ヘ特ニ領域侵犯ノ行為アルヘカラス　然レトモ仏領ヨリ我行動ヲ妨害スルカ如キ場合断乎之ヲ排撃スヘキハ勿論ナリ
同第二項ヲ以テ
軍ノ行動ハ仏印側注視ノ下ニアルヲ以テ其ノ一挙一動悉《ことごと》ク皇軍ノ真価判断竝宣伝資料トナルヘキヲ以テ威武顕揚ニ特ニ留意スルヲ要ス
トシ命令ト共ニ印刷交付シテ下達シタリ
和集団長ハ右命令ニ依リ中村兵団、岡本支隊、其他隷下各部隊長ニ対シ六月十七日一一、〇〇和集団作命甲第五〇号和集団命令第一項ヲ以テ
集団ハ有力ナル一部ヲ憑祥《ひょうしょう》付近ニ派遣シ鎮南関方面ヨリスル敵対外路ヲ遮断セントス
同第二項ヲ以テ
中村兵団ハ歩兵第二十一旅団、騎兵第五聯隊主力、追撃一中隊、輜重兵第五聯隊及所要ノ通信、衛生給水機関等ヲ以テ岡本支隊ヲ編成シ予ノ直轄タラシムヘシ
同第三項ヲ以テ

岡本支隊長ハ其一部ヲ以テ明十八日南寧出発主力ハ成ルヘク速カニ憑祥付近ニ兵ヲ集結シ鎮南関方面ヨリスル敵対外路ヲ遮断スヘシ細部ニ関シテハ参謀長ヲシテ指示セシムト令シ

和集団参謀長ハ同日右命令ニ基ク指示第一項ヲ以テ

行動地域ハ仏印ニ膚接シ而モ仏側ハ今ヤ神経愈々高マリアルヲ以テ渉外事項ノ発生ニ関シテハ厳ニ注意ヲ加ヘ且国境線不明確ナルニ鑑ミ特ニ領域侵犯等ノ行為断シテアルヘカラス然レトモ仏側ヨリ我カ行動ヲ妨害スルカ如キ場合ハ断乎之ヲ排撃スヘキハ論ヲ俟《ま》タスト雖《いえど》モ必要最小限ノ排除ニ止マルヘキモノトス

同第二項ヲ以テ

軍ノ行動ハ仏軍ハ固ヨリ列国環視ノ下ニアルヲ以テ兵ノ一挙一動悉ク皇軍ノ真価判断竝ニ宣伝資料トナルヘキヲ以テ皇軍ノ威武顕揚ニ特ニ留意スルノ注意ヲ要ストシ命令ト共ニ要旨口達後印刷交付シテ下達シタリ　斯クテ岡本支隊ハ中村兵団長ノ隷下ヲ離レ和集団軍直轄トナリ右和集作命甲第五〇号ニ基ク軍参謀長ノ指示ヲ受ケ之カ下達ニ付既ニ軍参謀長指示アル以上ハ更ニ指示ヲ以テスルノ要ナシトシ右指示事項ヲ印刷ニ付スルト共ニ岡本支隊本部ノ名ニ於テ六月十八日注意事項第一項ヲ以テ

軍参謀長ノ指示ヲ徹底スルコト

ト掲ケ併セテ直属三木部隊其ノ他ニ口頭下達シ後印刷交付シ越エテ七月二十六日部隊長会

同席上指示事項第一項ヲ以テ

　仏印国境付近ニ行動スル部隊ハ国境線ヲ明確ニシ越境等無益ノ紛争ヲ惹起セサル如ク特ニ留意シ且事件発生セハ先ツ速カニ要報ヲ次テ詳報ヲ提出スヘシ

トシ同一事項ニ付日時ノ経過ト仏印ニ対スル威圧ノ度増大セルニ鑑ミ更メテ指示事項トシテ印刷配布シ以テ強調徹底ヲ期シアリ岡本支隊挺身隊長タル三木聯隊長ハ六月十八日岡本支隊長ヨリ前掲注意事項ノ口頭伝達ヲ受ケタルモ直チニ行動ニ移リ其後印刷物ノ配布ヲ受ケタルヤ否ヤ今日記憶ナク又右口頭伝達モ指示事項ナリシヤヲモ記憶セサルモ七月二十六日部隊長会同席上ノ指示事項ハ印刷配布ヲ受ケアリ　然レトモ三木聯隊長ハ不法越境等国際紛争ヲ惹起スルカ如キ行動断シテアルヘカラストスルハ命令ニ性質ヲ帯ハシムヘキモノニアラスト信シ例エ部下将兵ニ対シ賭博行為アルヘカラスト言フ場合既ニ刑法ニ賭博罪ヲ規定スル以上命令ヲ以テ之ヲ禁スルハ意義ナシ　同様ニ国際法不法越境ヲ禁スル以上均シク命令ヲ以テスヘキニアラストシ命令若ハ命令性ヲ有スル指示等ニ拠ルコトナク注意事項トシテ屢々《しばしば》部下被告人森本中佐ニ対シテ注意ヲ与ヘ其ノ徹底ヲ期シアリ
以上ノ如ク仏印ニ対スル行動開始ニ先チ不法越境等ノ行動アルヘカラサル指示等アリテ六月十九日其ノ行動開始セラレ被告人森本中佐ハ同月二十二日夕三木部隊ノ隷下ヲ離レ岡本支隊ノ直属トナリタルコトアルモ七月三日三木部隊主力憑祥到着ト同時ニ岡本支隊直属ヲ離レ原所属タル三木部隊長ノ隷下ニ復帰シ爾来三木部隊長隷下ニアリテ鎮南関ニ於テ警備

ニ任シツツ専《もっぱ》ラ超挺身隊長トシテ夜襲ヲ以テ一夜ニシテ仏印「ドンダン」「ランソン」ヲ攻略スヘキ任務ヲ帯ヒ器材等ヲ整備スルト共ニ部下ニ対シテハ夫々特殊任務ヲ課シ日夜猛訓練ヲ命シ任務達成ニ遺憾ナキヲ期シアリタリ

越エテ九月四日仏印進攻準備命令下リ直チニ分駐セル二山村、儨茶村ノ部隊ヲ鎮南関及隘口街ニ集結シ越境進発ノ命令一下行動開始ヲ期シ居リタルカ翌五日日仏印間ノ外交交渉成立シタル故ヲ以テ右進攻準備ハ中止セラレ更ニ部隊ハ九月八日迄ニ同月三日以前ノ態勢ニ復帰シ前任務ヲ続行スヘシトノ命令ヲ受ケタリ

被告人森本中佐ハ外交交渉成立セリト謂フト雖モ日仏印間ノ交渉ハ従来容易ニ決セサリシニ鑑ミ又何時進攻命令ナキヲ保セストシ尚右進攻準備ノ為集結セル部隊ノ宿営関係ニ於テ二山村ニ駐屯セル部隊後ニハ戦車聯隊之ニ代リテ宿営シ儨茶村駐屯部隊移動後ハ付近住民ノ為営舎ノ木材等ヲ持チ去ラレ為ニ直チニ復帰シ難キ事情モアリ且原駐地復帰ニハ尚三日ノ予猶アリ如カス自ラ集結セル部隊ヲ率ヒ仏印国境方面ニ行軍シ「ドンダン」攻略ノ為種々ナル準備工作ヲ為シタルカ其ノ適否ヲモ検シ又其ノ任務ノ夜襲ナルニ鑑ミ地形ヲ一兵ニ至ル迄知ラシメ置クノ要モアリ旁々《かたがた》部下将兵ニ対シテハ猛訓練ヲ命シ来リタルニ今中止命令ヲ受ケ之等ニ対シ申訳ナキ感モアリ於是行軍訓練ヲ為サンコトヲ企テ九月五日二一、〇〇森日命第八〇号森本部隊日日命令ヲ以テ

一、大隊ハ明六日行軍ヲ実施セントス

二、各隊ハ勤務宿舎監視ノ為最小限ノ人員ヲ残置シ十時迄ニ鎮南関ニ集合スヘシ

三、服装ハ軽装ニシテ弾薬全部、昼食ハ携行スヘシ　馬匹部隊ハ従前臂力《ひりょく》搬送トシ四、五里ノ行軍ニ耐ヘ得ル兵器弾薬ヲ携行スヘシ

四、第十二中隊ハ原宿営地ニ近ク復帰ノ筈ニ付設営者ヲ別ニ派遣スル

ト下達シ九月六日一〇、〇〇鎮南関出発ニ際シ更ニ口頭ヲ以テ自ラ行軍ノ目的トシテ

一、行軍ニ馴レルコト

二、戦場ノ地形ヲ兵ニ至ル迄見セルコト

三、行軍目標第十七界標

四、行軍順序

9、¼MG、P、10、11、MG主力、BiA、12

ヲ命シ部下将兵七〇〇ヲ率ヒテ出発シ三木聯隊長ニ対シテハ出発時第十七界標ヲ目標トシテ行軍ヲ実施スル旨報告シアリ

三木聯隊長ハ二山村駐屯部隊ノ移動後ハ戦車部隊之ニ代リ宿営シアリテ直チニ復帰シ難キ情況ヲモ知悉シアリ且大隊長自ラ全部隊ヲ指揮スル機会ヲ得テ之ヲ率ヒ行軍訓練ヲ為スハ機宜ノ措置ナリトシテ之ヲ認容シタリ

斯クテ被告人森本中佐ハ第十七界標ハ予テ不明ナルヲ以テ其ノ存在予想地点ノ手前ナル無名地ニ向ツテ行動ヲ起シ同地点ニ達シタル頃恐ラクハ部隊鎮南関出発ノ情報ヲ得タルナル

ヘク「ドンダン」方面ヨリ来リタル仏軍将校ニ会ヒ同将校カ何カ申シタルモ固ヨリ言語不通ナルカ国境線内ナルヲ以テ敢ヘテ取リ合ハス同将校モ亦ソノ儘立去リ部隊ハ一旦右地ノ地点ニ於テ休止シタルカ「ドンダン」ヲ望見センコトヲ欲シ更ニ前進シテ右地ノ西寄ナル俗称駱駝《らくだ》山ニ上リ「ドンダン」部落ヲ望見シタルカ同所ハ第十七界標ノ存在スヘシト思料セラルル地点ト異リ被告人森本中佐ノ主観ニ於テモ尚後方国境線内ナルカ尚前進シテ突角ニ到ラハヨリヨク望見シ得ヘシト遂ニ自ラ国境線ト思料スル線ヲ越ヘ部隊主力ヲ後方ニ止メ自ラハ尖端ニ到リ茲ニ被告人森本中佐ハ三五〇乃至四〇〇米主力亦一五〇米乃至二〇〇米ヲ越境シタリト自認シ部隊ニ休止ヲ命シ昼食ヲ攝リアリタル際仏印側司令官メヌラ少将来タリ被告人森本中佐ニ面会ヲ求メ被告人ハ予テ昵懇《じっこん》ノ間柄ナルヲ以テ単独ニ対談シ自ラ越境シタリト思料シアルヲ以テ同地点カ仏印領ナルコトヲ認メル旨ノ言質ヲ与ヘメヌラ少将ニ対シ仏印側ハ何処ヲ以テ国境線ト考ヘアリヤノ反問ノ対シテハ答解ヲ得ルコトナク同所ヲ引上ケ同日一三、三〇頃部隊ニ解散ヲ命シ鎮南関帰着後夫々復帰命令ヲ達シタルカ右越境ヲ肯定自認シタル為日仏印間ニ図ラサル紛争ヲ生起スルニ至リタルモノトス

而シテ茲《ここ》ニ所謂《いわゆる》国境線ハ方面軍司令部ニ於テ複製配布シタル十万分一ノ地図上ニ示サレタル界標ヲ連ヌル線ナルカ被告人森本中佐ハ担任ニ係ル警備範囲ハ第十一界標乃至第二十三界標ニ亘リ現地調査ニ於テハ僅カニ道路ニ沿フ界標ノミ発見セラレ其ノ余ハ岩山又ハ深キ草原ナルカ為終ニ第十三、第十四、第十七、第十九界標ハ発見スルニ至ラス　第

二十一及第二十二界標亦判然セス又地図上ノ界標ノ位置ヲ異ニシ従テ之ヲ連ヌル国境線亦現地ノ夫レト相違スルモノアリ　然レハ被告人森本中佐ハ調査ノ結果知得シタル点ハ第一線部隊長当然ノ職務トシテ其ノ旨ヲ以テ都度上司ニ報告シアルモ上司ヨリ国境線ニ関シ地図以外ニ的確ナル支持ヲ受ケタルコトナク従テ現地ニ於テハ配布ヲ受ケタル地図上ノ国境線ト異ナリ自ラ国境線ナルヘシト思料スル線ヲ以テ国境線ト断シツツ常ニ一歩退キテ警備ニ任シタリト雖モ尚且現地ニ於テモ人ニ依リ其ノ見解ヲ異ニシ其点ヲ仏印側監視兵ノ位置トスルモノ又ハ岩山ノ仏印側突角ヲ連ヌル線ナリトスルモノアリ而モ前述ノ如ク調査不能ナルモノアル関係上現地ニ於テモ統制画一シ難ク森脇九中隊長言ニ依レハ被告人森本中佐ノ越境ハ約三〇米ナリト言ヒ竹岡副官ハ未タ国境線ニ達セサルコト三五〇乃至四〇〇米ナリト言ヒ国境線ハ客観的ニモ主観的ニモ一定スルトコロナク特ニ界標ノ発見セラレサル地点ニ於テハ全ク不明ナリトス

二、意見

按《あん》スルニ本件ニ於テ考慮セラルヘキ犯罪ハ被告人森本中佐カ部下軍隊ヲ率ヒテ行軍ヲナシ越境ヲ肯定シテ日仏印間ニ紛争ヲ生起シタル点ニ於テ

一、陸軍刑法第三十七條不法軍隊進退ノ罪ヲ構成セサルヤ

二、上司ノ不法越境等国際紛争ヲ惹起スルカ如キ行動断シテアルヘカラストノ指示ニ

背ク抗命罪ヲ構成セサルヤ

三、原駐地復帰命令ノ趣旨ニ反スル抗命罪ヲ構成セサルヤ

ノ三点ナルカ

一、ニ就テハ

抑々《そもそも》国境線ハ之ヲ客観的ニ定ムヘキ事項ナルカ本件発生当時ニ於ケル国境線ハ叙上ノ如ク客観的ニ不明ナルヲ以テ被告人森本中佐ノ主観ニ於テ国境線ヲ認識肯定シタリトスルモ夫ハ被告人森本中佐ノ国境線ノ誤認若《も》シクハ盲断ニ属シ未タ以テ其ノ進出地点カ仏印領タルノ証拠トナスニ足ラス　従テ任務地域ヲ離レテ行動シタリト謂フヲ得サルヲ以テ越境ヲ事由トシテ不法軍隊進退ノ罪ヲ構成スルニ由ナク又被告人森本中佐ハ国境警備ニ任シ部下練成ノ責ヲ有シ日仏外交交渉成立シタリト謂フト雖モ爾後ニ於テ又仏印進攻命令ノ下ルコトアルヘキヲ予想シタル事情ノ下ニ於テ行軍訓練ヲナシ而モ行軍ニ付聯隊長之ヲ承認シアル以上権外ノ事ニ於ケル行動ナリト断スルヲ得ス此点ニ於テモ亦本罪ヲ論スルニ由ナシ

二、ニ就テハ

不法越境等国際紛争ヲ惹起スルカ如キ行動断シテアルヘカラストノ指示ハ聯隊長ニ於テ終ニ命令性ヲ有セサル注意事項トシテ取扱ハレアル以上抗命罪ヲ論スルノ余地ナク

三、ニ就テハ

既ニ聯隊長国境ヲ目標トスル行軍ヲ承認シアル以上、偶々《たまたま》日仏印間ニ図ラサル紛争ヲ生起

スルニ至リタリトスルモ夫ハ行軍ノ結果ニシテ是亦抗命罪ヲ論スルニ由ナシ
以上ノ如クナルヲ以テ本件ハ不起訴処分トシ可然意見ニ付何分ノ御指示ヲ仰キ度

右の、昭和十五年十二月十二日の南支那方面軍から東條陸軍大臣へ宛てた「森本事件処理ニ付指示ヲ仰キ度件伺」の電文に対する返電は、十二月二十九日の日付で、南支那方面軍に届いている。電文は、

大臣ヨリ南支那方面軍司令官へ指令
　陸支密電四七二号
森本事件ニ付伺ノ件貴見ノ通処置スヘシ

——となっていて、書類には左の付箋が貼付されている。

本件ニ関シ本案ノ通リ処理セラル丶件異存ナシ
但シ本件中左記責任ニ関スル調査ハ尚不徹底ノ憾アリ　而シテ此ノ如キ重要ナル責任事項カ現陸軍刑法ヲ以テシテハ犯罪ヲ構成セントセハ現行刑法ニ缺陥アルニアラスヤトモ思考セラル丶ヲ以テ皇軍々紀粛正ノ見地ヨリ至急検討ヲ加ヘラレ度

左記
六月十六日作命甲第八二号南支那方面軍司令官命令ニ基ク同参謀長指示第一号カ命令性ヲ有スル型式ヲ以テ森本大隊長ニ徹底スルニ至ラサリシ責任

参謀本部（中山・印）

右の書類に関係する花押、押印の人名は次の通りである。

陸軍大臣　東條英機（17期）中将
同次官　阿南惟幾（18期）中将
軍務局長　武藤章（25期）少将
高級副官　川原直一（34期）大佐
法務局長　大山文雄（当時は文官制）
法務課長　岡田痴一（〃）
参謀本部第三課（編成動員課）兼教育課長。中山源夫（32期）大佐
同補佐　西郷従吾（36期）中佐
軍事課補佐　岸本重一（34期）中佐
兵務課長　児玉久蔵（31期）大佐
南支方面軍司令官　後宮淳（17期）中将

2

「北部仏印平和進駐」について、もっとも心労を重ねられた第五師団長中村明人中将は、後年まとめられた手記「仏印進駐の真相」の序に、切々たる心情を述べている。左にその一節を引用させてもらい、師団長の志を汲みたいと思う。

――承詔必謹眷々《けんけん》として上司の命を遵奉し一意作戦に従事した兵団の長として此の奇怪なる作戦は其の真相を明かにせざれば光輝ある皇軍崩壊の前奏曲なるべきを深憂し其の真相調査を「ランソン」攻略後阿南次官及び沢田次長に電請し之に応じて派遣せられた鈴木宗作少将より、中央部上司は最初より我が兵団を仏印に進駐せしむる考は毛頭なかったと聞き唖然たるものがあった。

是に於て予は何れの日か皇軍の為本作戦の真相を手記し当路に上申し今後の教訓たらしめんと欲し一切の記録を保存した。然るに其の好機なく陸海最高統帥部は参謀総長、軍令部総長以下更迭せられ越えて一年遂に大東亜世界大戦に進展し交戦四年、世は桑滄の変に遭い光輝ある皇軍は潰滅した。

皇土を占領せらるゝ事七年漸《ようや》く独立を恢復したる新日本は又遠からず天地自然の真理に基

き新国軍を建設せざるを得ざる状勢になった。十五年篋底《きょうてい》に潜んでいた本作戦に関する記録は新しき時代の軍の主脳者にも何等かの参考ともなり又兎角に誤り伝へらるる節多き本作戦の真況を後世に遺すべき必要あるを感じ記録の散逸せざる間に於て之をまとめ置かんと決心した。

本手記は陣中日誌の範例によるものでもなく又戦史的記述法でもない。予が第五師団長として南寧に着任以来軍司令官の指揮指導に従ひ如何に将兵と行動せしかの全貌を読者に知らしめ読者自らが状況内の人となって仏印進駐の真相を究めて頂きたいことが本願である。又嘗《かっ》ての皇軍は戦場に於て如何に強固な団結を持っていたものであるか銃後は如何に之を精神的に後援していたものであるか斯る時代の日本将兵は真に世界に冠たる強兵であったといふことを思ひ出して頂きたいのである。

謹て本作戦に華と散り給ひし英霊の御冥福を祈り奉る。

北部《ほくぶ》仏印《ふついん》進駐《しんちゅう》

1　ドンダン要塞攻略戦

1

第三十七師団（冬兵団）が、鎮南関《ちんなんかん》を越えて、北部仏印へ進駐したのは、昭和二十年一月二十五日である。

ここでは、工兵第三十七聯隊第一中隊第一小隊における、ハジャン要塞攻撃の模様に触れたいのだが、順序として、第三十七師団の進駐時の編成と、配備を記しておきたい。

第三十七師団は、昭和十四年二月久留米で編成、昭和十四年五月出動、山西省運城に師団司令部を置き、晋南作戦、中原会戦ほかの作戦と警備の歴史を重ね、昭和十九年二月の編成改正により兵力増強、爾来南進の途に就き、京漢作戦をはじめ、宝慶攻略戦、桂林攻略戦等を経て、二十年はじめに南寧に到り、鎮南関を越える。世界戦史上に名を遺す大長征のあと、北部仏印の戦場に身を置くのである。

この時期、日本軍の戦況は、きわめて不利に陥っている。ニューギニアの撤退、アッツ島の玉砕、ビルマでのインパール作戦の失敗等、全面的な劣勢を、いささかなりと挽回したい一念は、軍の緊急の課題となっていた。北部仏印進駐は、その目標の一つとなっていた。日本はフランスを敵国にしているわけではなかったが、昭和十九年以来、威圧的な外交交渉によって、印度《インド》支那《シナ》駐屯軍が強化され、サイゴンに司令部、第二十一師団を北部仏印、独混三十四旅団をサイゴン周辺、ユエ・ツーラン・ナトランの中部にその一部を配し、プノンペンにも防衛軍を配していた。十九年十月には、さらに独混第七十旅団が新編成され、サイゴンに司令部が置かれている。

ヨーロッパ戦線では、ノルマンディーに上陸した米英連合軍が逐次内陸部に進攻して、ドイツの敗色は濃くなり、友好的であったフランスのヴィシー政府は崩壊し、ドゴール将軍を主席とする臨時政府が改組されて、仏印における日本軍との立場も微妙な危うさを持することとなった。いわば、一触即発で戦闘状態に入る可能性が進んでいる。

こうした危機感の中で、昭和二十年二月一日付で、仏印処理に対する軍の方針が決められている。要約すると次の如くである。

▼武力処理の時期まで我企図を厳に秘匿する。
▼先ず外交措置を以て仏印総督府と協力して、仏印の防衛に当たることの確約をとる。
▼仏印軍を日本軍の指揮下に入れるのを条件とする。

▼我が要求に応ぜざるときは、武力を行使する。
▼安南《アンナン》国の独立を支援する。
右の条件は「大東亜共栄圏」を理想とする日本の立場を踏まえ、戦闘にいたった場合、速攻して仏印を占領し、ここを南方基地としたい意欲があった。もともと、仏印へ進攻したい意向を日本軍は、第五師団の昭和十四年末における南寧作戦の当時から抱懐している。仏印から中国へいたる、援蔣ルートの重荷を、はじき飛ばしたかったからである。

そうしたきびしい事情下に、ともかく第三十七師団が、非戦闘の状況下に、鎮南関を越えたのである。

第三十七師団の編成は左記である。

師団司令部　バクニン
歩二二五主力・三七第三中隊主力　ランソン
　第八中隊　カオバン
　第十中隊
　　工兵三七第三中隊第一小隊　ドンダン
歩二二六本部・第一大隊・聯隊直轄諸隊
　工兵三七第一中隊第二小隊　ユーロ
第四中隊　バクニン

第二大隊・山砲兵三七第四中隊
　工兵三七第一中隊第一小隊　ハジャン
　第三大隊　ラム
　第九中隊　フーランチョン
　第十中隊　ハコイ
第二二七本部・第二大隊・直轄諸隊
　山砲兵三七第一中隊
　工兵三七第二中隊　ハイフォン
　第三大隊　セッパコード

右の各配備地は、鎮南関を越えての、仏印地方の国境を扼する地域に分布する要塞を中心とする陣地周辺への配備である。仏印にはランソン、ドンダンの巨大な要塞をはじめ、カオバン、ハジャン、ラオカイ等、強力な要塞が築かれてきた。各要塞ともに、仏兵と安南人の傭兵が守備している。日本軍が、いったん仏軍と干戈《かんか》をまじえることになれば、ベトンで固めた要塞軍と戦わねばならない。

右の攻撃配備表をみても、工兵聯隊にかなり重要な比重のかかっていることは、読みとれるが、第三十七師団の長征については、道路補修、架橋、陣地構築ほか、工兵隊の活躍が目立って来ている。

ことに、ベトンの要塞攻略がはじまるとすれば、困難をきわめる戦闘になるので、工兵隊の最前線における行動が、どうしても要請されることになる。

日本側と仏印側とが、外交交渉をつづけている間は、戦火をまじえることはできない。仏印側は日本軍を怖れていて、表面的には、友好の姿勢を持していたからである。

2

仏領印度支那は、アジア大陸の東南部を占めるインドシナ半島で、古くから中国王朝歴代の版図《はんと》だったが、久しい歴史の転変の末に、一八六二年、サイゴン条約によって、フランスがコーチシナ三国を割譲させ、一八八二年には軍を増派してハノイを占領、ユエ条約を結び、ベトナムを事実上の保護国、植民地とした。爾来フランスは、国境線の防備を固めるため、中越国境にランソン、ドンダンの頑強な要塞を築き北の砦としている。

外人部隊を派遣し、また、安南兵を使役した。安南兵はフランス軍に従いながらも、日本への親近感を抱いている。日露戦争での日本の勝利以来、ベトナム独立運動が蠢動《しゅんどう》しはじめている。そうして昭和二十年に至って、日本軍は仏印に進駐したが、戦闘開始に到るまでは、日本とフランスは友好国である。

明号作戦と名づけられた日本軍の仏印進駐当時、仏印軍側は、ヨーロッパでの枢軸国（日、独、伊）の敗退に望みを託して、交渉は、延引策を心掛けていた。先へ延ばしていれば、いずれ、世界の情勢は一変してくる、と読んでいた。ドクー総督もエメー総司令官も、そう判断していた。各地の軍長あてに、妄動を慎み、専《もっぱ》ら防禦、抵抗に徹するよう指令を与えていた。

ただ、仏印軍将兵のなかには、一九四〇年（昭和十五）九月、日本軍の北部仏印とハイフォンからの挟撃の戦争を肌で知っている者も多く、ルウベ司令官や同僚の戦死をも見て来ている。ハノイも占領された。フランス人や外人部隊の将兵の心中には、報復の念もあったといえる。

しかし、彼我の態度は、表面的には平静を装い、交歓の宴さえ持たれていた。

——ここで、仏印側が怨《うら》みに思っている日本軍の、過去における仏印進駐に触れておくと、昭和十二年に支那事変が勃発して以来、米英は援蔣、対日の政策を推し進めて、ビルマと仏印から、中国へ物資を送り込んでいた。ハイフォン＝ハノイ＝ラオカイ＝昆明の輸送ルートである。

昭和十四年になると、ヨーロッパに戦火がひろがり、翌十五年には、ドイツ軍はノルウェー、デンマークを襲い、ついで、フランス軍を撃破して六月十三日にパリに入城、ペタン元帥がフランス政府主席に就任して、休戦に持ち込んでいる。日本政府は、かねてから援蔣ルートの閉鎖を交渉中だったが、フランス本国の降服によって、パリ陥落の三日後には、日本軍の国境監視員の派遣を認めさせた。ここで西原機関が派遣されて、一応、援蔣ルートの線は封鎖されることになった。

ところが、南寧作戦を終えた第五師団は、憑祥《ひょうしょう》に進出して、つづいて鎮南関を占領した。昭和十五年六月二十九日、ヨーロッパ戦線の火は燃えひろがり、イタリアも、英仏に宣戦を布告した。大本営は、残る、ビルマ＝昆明の援蔣ルートを叩くために、仏印内に日本空軍の前進基地と軍隊の通過を迫る交渉をはじめ、難航の末、九月に交渉は成立した。

ここで印度支那派遣軍（近衛歩兵第一旅団の一個大隊、独立山砲兵第一聯隊、第二十一独立飛行隊、司令官西村琢磨中将）が編成され、協定通り派遣する段階に至った。しかし、この時、第五師団の一部が鎮南関を越境するという事件が起こった。

仏印側は、日本軍の武力進駐を恐れ、ドンダンの防備を固めたが、第五師団は、西原機関長の交渉を無視して、ドンダンとランソンの堡塁を攻撃し、これを占領した。一方、ハイフォン沖に待機中の派遣軍も、ハイフォンの強行上陸に踏み切った。この北と東からの仏印進駐が、日本軍の南進の第一歩になる。

だが、この進駐にあたり、次のような裏面のあったことが、書き残されている。

〈西原機関長西原一策少将は、第五師団長中村明人中将の独断を喰いとめようと懸命の努力をしながら、仏印側との交渉をつづけていた。情勢を明敏に汲みとり、外交的な手腕の持主でもある西原少将は、平和進駐こそ最良の方策と信じていた。「ずいぶんと手を廻したが第五師団の強行進駐が、そのあとの国の方途を誤らせた」と語っている。更《さら》に、ハイフォン強行上陸については、南支那方面軍参謀副長であった佐藤賢了大佐が、大本営からの「友好的に進駐すべし」という電報を握り潰したことで、印度支那派遣軍は、上陸を敢行した、という。いずれも命令無視の前線指揮官の独断があった。この第一次の仏印進駐は、米英両国の対日強硬方針が強化されてゆく原因ともなっている〉

昭和十六年、日本の対米交渉が行きづまってくると、米・英・蘭・中四ヵ国の利害は一致してきた。

フランス本国は、親独のヴィシー政府である。政府は南部仏印への進駐を認めさせた。太平洋戦争の勃発を控えた七月、大本営は第二十五軍（軍司令部・海南島、司令官・飯田祥二郎中将）に対して、南部仏印への進駐を命じた。

こうして南部仏印進駐が行なわれ、以後、マライ、インドネシア、ビルマの、日本軍進攻基地として、仏印の存在は重要性を増してくる。

昭和十六年十二月八日、遂にわが国は米・英軍との戦闘状態に入った。

仏印総督ドクー提督との軍事協定が調印された。その要旨はつぎの通りである。

▼仏印側は既存協定に従い日本軍に協力する。

▼日本軍の南進による後方地として仏軍は治安に任ずる。

▼日本軍の行動に便宜を供与する。
▼日本軍は南部に、仏印軍は北部に駐屯する。

右の協定のあと、昭和十七年には第二十一師団がハノイに司令部を置いて、北部仏印に駐屯する。

昭和二十年一月、北部仏印に進駐した第三十七師団は、第二十一師団と警備を交代することになる。

こうして日本軍は、仏印軍との、切迫する、交戦の時機に備えることになった。

3

昭和二十年三月九日夜、交渉決裂を予期して、武力発動が準備されていた。

交渉は、サイゴンで、在仏特命全権大使松本俊一と、ドクー仏印総督の間で行なわれていたが、ドクー総督が交渉を破棄して引き揚げてしまったので、現地時間二一二三、連続発信「ク・ク・ク」の暗号電報で、「諸隊は直ちに作戦行動を開始すべし」が発せられた。

バクニンの師団司令部は、これを各隊に発信し、一斉に予定の攻撃が開始せられた。

憑祥から南の鎮南関は近く、関を越えるとランソンになる。国境線沿いに北にドンダン、さらに北にカオバン、西へはなれてハジャン、さらに西へはなれてラオカイになる。仏印軍総司令部はハノイ、北部仏印軍は四万五千を数えるが、戦闘は要塞戦に限られる。日本軍は各要塞（堡塁）をめがけて迫り、彼我の戦闘が開始される。

第三十七師団にとっては、対要塞戦ははじめてである。なにしろ、ベトンでしっかり固めてあっては、戦艦に立ち向かう猪牙船《ちょき》のようだ、と、だれもが思っていた。仏印軍は日本軍に対し数倍の兵力、火力を擁している。勝敗は気力、戦闘意欲の如何にもかかわる。

要塞内の兵力のうち、大半の安南兵は、日本軍に気脈を寄せながらも、あえて要塞守備に全力をそそがねばならない。これは、ビルマのインパール作戦の時、英軍の備兵として敢闘した兵隊が、ネパールの傭兵グルカ兵であったのと似ている。

しかし、安南（越南）の国は、歴史上、日本に好感を抱いてきた。とはいえ、戦闘は戦闘であり、日本軍は、隠密に接敵し、障碍物《しょうがいぶつ》、トーチカを潰して、一気に突入、守備軍の戦意の出鼻を挫《くじ》いて、心理的に制圧しない限り、堡塁からの十字砲火を浴びて窮地に追い込まれる、と、いずれの攻撃隊も予想した。

月齢、二十五日、繊《ほそ》い残月さえ、安南山脈に姿を没した。

仏印進駐「明号作戦」の模様については、第三十七師団戦史『夕日は赤しメナム河』（藤田豊著）及び『工兵第三十七聯隊小史』（同戦友会編）、『今津隊大陸縦断』（大山宏編）等を参照しつつ、苦心の挺身戦闘行動の模様に触れて行きたい。

〈ドンダン要塞攻撃戦〉

ドンダンは、ランソンの出城であり、中国からの侵入軍を防ぐ使命を持っている第一線の拠点である。

守備するのは、ルモニエ司令官の特命を受けたスウリー少佐の指揮する歩兵一個大隊と山砲一個中隊基幹で、約一千名、山砲四門、重軽機五十が堅固な要塞に籠《こも》り四囲を鉄条網で、城門入口には釣り跳ね橋を設けている。

それに比して攻撃隊は、素手に等しい百二十名余の兵力であった。十倍の兵力差である。

歩兵第二二五聯隊第十中隊と工兵第三十七聯隊第三中隊第一小隊がその基幹である。

攻撃には、工兵の鉄条網爆破とトーチカ制圧、続いて梯子によって城壁に登り、兵営内に突入する、という方式しか考えられない。

聯隊でも、攻城戦の経験豊かな成合重幸少尉が、この攻撃隊に編入された。

藤村第三中隊長の命を受けた第一小隊長成合少尉は、ことの重大さ、工兵の活躍如何が勝敗の岐路と考え、綿密な偵察とさらに実戦演習を試み、計画をたてていた。

ドンダン要塞攻撃隊

長・吉川淳中尉（歩兵二二五第十中隊長）

歩兵二二五第十中隊約七十名

指揮班　長・坂上安行准尉

第一小隊　長・曉豊後少尉
第二小隊　長・服部正博少尉
第三小隊　長・原田正夫曹長
歩兵砲第一小隊約二十名（砲一門）
　長・須藤正人少尉
工兵三七第一小隊約二十名
　長・成合重幸少尉
第一分隊　長・江藤義雄軍曹
第二分隊　長・鯖江国義軍曹
第三分隊　長・佐々木徳男伍長
第三大隊本部付　志戸本慶一郎軍医少尉

ドンダン要塞攻撃隊の死闘の情況は、まことに壮絶をきわめたが、左に、成合重幸少尉の手記『死闘のドンダン要塞攻撃戦』を引用する。

――鎮南関北方二キロの小部落に我が小隊を残し、聯隊が仏印へと進駐したのが二月始めのことである。出発に際し、仏印処理近し、我が小隊は歩兵二二五聯隊に配属のことを知らせらる。
某日早朝、命令受領の為、第三大隊長遠藤少佐の許に今福上等兵を連れ、鎮南関、ドンダンを経て、ランソンに向かう。
鎮南関よりドンダン迄は下り坂の山道で、少し行った左方に仏印軍の監視陣地あり、それを横目に見ながら坂道を下ると、下り切った処に屋根瓦の青赤とカラフルな建物が並ぶ明るい感じのするドンダンの町があった。要塞の真下の道を通り、一路アスファルト道路をランソンへ向かった。
途中、二、三の仏印軍兵舎の前を通過、今にも呼びとめられるのではないかと心締るを感ず。何事もなく遠藤大隊長の許に出頭したのが正午ごろであったろうか。そこで我が小隊は第十中隊長の指揮下に入り、ドンダン要塞攻略の命を受けた。帰りに再度ドンダン要塞の真下を通過する。行く時とは違った感で堡塁を見上ぐ。後日の攻撃に備え、地形、構築物等をなるべく多く頭に入れておこうと歩をゆるめ、無気味に中天高くあたりを威圧するが如く巨大なる堡塁を見廻す。夕刻、小隊に帰り、本日見聞せしことを告ぐ。翌朝より、鉄条網八メートル、城壁高十メートルを想定し、次項の要領にて反復訓練に日夜専念す。
急増破壊筒による鉄条網の爆破
折畳式板梯子による鉄条網の掩覆通過
親子梯子の城壁立掛け。その他柄付爆薬

火炎ビンによる銃眼制圧等々

そうこうするうちに、黄色薬ならぬ茶褐薬は伝爆が鈍いので、十本のダイナマイトを等間隔に入れ、八メートルの応用爆薬を製《つく》る。その他柄付爆薬、火炎ビン、折畳式板梯子、親子梯子等攻撃器材の準備を完了し、X日の到来を待っていた。

親子梯子とは、敵の集中砲火の中で、しかも足場の悪い処で、少数の兵にて長さ十四メートルの梯子を操作するのは困難と予想されるので、七メートルの親梯子の内側を綱を引くことにより小梯子（七メートル）が伸び、綱で固定すれば十三メートルの梯子が出来上がるのである。また、折畳板梯子とは、鉄条網八メートルと予想し、四メートルの枠板内に板を張りたるもの二個を連結したもので、携行中は二枚合わせたものとし、鉄条網にそのまま倒し掛け、次いで上部の板梯子を持ち上げ、前進しつつ折り倒して、八メートルの掩覆通過用の板梯子となる。

X日の前日（八日）夕刻、歩兵一個小隊の出迎えがあり、十中隊の前線基地に向かう（堡塁より直距離四百メートル位）。基地進入の手前に税関が在り、長い破壊筒を税関の眼から逃れる為、道路一杯の縦隊となり、雨外被等をかけ擬装したものを中央に位置するため、多くの兵員を必要とするので、歩兵部隊の出迎えがあったのである。

総攻撃の時は遂に来た。

三月九日二十時、中隊長より各隊に攻撃命令発せられる。

工兵隊に与えられし任務は、主力を以て第一トーチカ正面の鉄条網を破壊したるのち、城壁に梯子を掛け、一分隊を以て第二トーチカ銃眼を制圧し、突入隊に協力せよ、である。

工兵小隊長は、部下各分隊に攻撃目標、並びに要領を事前に示しておき、攻撃命令を下す。第一分隊江藤軍曹以下六名は、第二トーチカ正面の鉄条網を掩覆通過し、銃眼を制圧すべし。第二分隊鯖江軍曹以下六名は、第一トーチカ正面の鉄条網を爆破し、銃眼の制圧、続いて城壁に梯子を立て掛け、突入隊に協力。第三分隊佐々木伍長は予備班。小隊長は、第二分隊の先頭に在りて指揮す。その他要塞内突入後に備え合言葉〈山・川〉等詳細にわたりて指示した様記憶す。

4

成合重幸少尉の手記『死闘のドンダン要塞攻撃戦』のつづき。


ドンダン攻撃隊は、攻撃要領をしっかりと頭に叩き込み、前線基地を出発した。目的地に着くまでは、絶対に敵に察知されてはならない。

薄暮に乗じ、工兵隊を先頭に、部隊は粛々と前進す。恰《あたか》も魔城に逍遥《しょうよう》するが如き凄惨な気迫がひしひしと身に迫る。

ランソン地区では、既に攻撃がはじまったのか、わが部隊が目的地に着く以前に、さかんに重砲の炸裂音が聞こえてくる。勿論《もちろん》、敵守備軍にも判った筈《はず》なれど、一発も射って来ぬ。我が攻撃隊を陣前に引きつけて、一挙に殲滅《せんめつ》する考えか、要塞内は無気味に静まりかえっている。

攻撃隊は、所定の位置に向かい、更《さら》に前進し、陣前に展開完了、いよいよ工兵隊の出番である。

工兵小隊長自ら爆破地点を示せば、破壊筒を静かに鉄条網に挿入し、点火準備ヨシの合図、頃合いを見計らって、小隊長の点火の号令に、破壊筒は轟音とともに地軸を揺るがして炸裂した。

一瞬にして鉄条網は吹飛んだ筈なのに、どうしたものか爆煙の消える中に鉄条網はその儘《まま》の形で残っているではないか。シマッタ、と我が目を疑う暇もなく鉄条鋏による強断を命じたのである。鉄条網爆破と同時に、敵要塞は遂に沈黙を破った。照明弾が射ち上げられ、重砲火器の零距離射撃は開始され、雷の如く轟然たる威力は地軸を揺るがし、我が攻撃隊は猛火の下に慴伏《しょうふく》せられた。

工兵小隊長の強行鋏《きょう》断《だん》掛かれの号令に、集中火ももののともせず、次々と鉄条網を破壊して行く。

照明弾の明かりに写し出される我が破壊班の崇高なる奮戦には、頭の下がる思いである。

悪戦苦闘の末、遂に鉄条網は破壊された。

鋏断作業完了に続いて、銃眼閉塞と、梯子掛けにかからねばならぬ。敵も死にもの狂いである。重機であろうか、曳光弾が滅茶苦茶に飛んでくる。一兵たりとも城壁に近づけまいと、銃眼よりは手榴弾が投げられ、陣前に炸裂する。友軍歩兵部隊も軽機をさかんに撃って援護してくれる。

我が勇敢なる閉塞班が爆薬抱いて銃眼に肉薄すれば、これに続いて梯子《はしご》班、梯子抱いて城壁にまっしぐら、至難なる作業を見事に成し遂げたのである。

これまでの戦闘で増永上等兵、日高上等兵、松井上等兵は任務遂行中、敵の投げた手榴弾により壮烈なる戦死を遂げられ、鯖江分隊長も胸部に瀕死の重傷を負う、我が小隊は多くの損害を出してしまった。

吉川中隊長が、工兵の梯子かけの終わるのを見るや、ましらの如き素早さで梯子を登れば、歩兵部隊はこれにつづき、トーチカ屋上へ向かって突入して行く。工兵小隊も歩兵部隊におくれをとってなるものかと、工兵小隊長に続けと叫びながら梯子を登って行った。

戦場は阿鼻《あび》叫喚《きょうかん》の巷《ちまた》と化し、無我夢中の数時間に亘る決死の突撃も、無数の銃眼よりの猛火のため、陣前に死傷続出し、失敗を繰り返すのみにて、絶望状態を呈していた。トーチカ屋上にかけ登った工兵小隊長は屋上中央に排気筒を発見、手榴弾を以てその蓋を破壊した、続けざまに、数発の手榴弾を投げ込み、これを破壊す。

黒煙のあがるのをみて、これを確認す。

辛うじて屋上に上がることの出来たのは、吉川中隊長の指揮する一個小隊と、工兵は小隊長と大西一等兵の二人のみ、他の小隊は攻撃進捗せず、続く事が出来なかった。

戦場は膠着《こうちゃく》し、絶望、敗退の色濃く、為すに術なく時は刻々と過ぎて行く。中隊長はじめ多くの将兵を既に失い、わずかの兵を叱咤激励しながら、敵の反撃を喰い止めるのが精一杯であった。

夜明けまでこの状態のまま過ぎんか、全滅の悲運は火を見るより明らかである。わずかの兵と共に最後の突撃をし、玉砕するのはいと易けれど、お国の為に精魂こめてこれまで戦い、不幸にして傷ついた多くの傷兵をこのまま見捨てもならず、一時後退の意を決したのである。

攻撃前中隊長より、一回目の攻撃が不成功に終わった時は、一時後退し、兵を掌握し、準備をととのえて再度攻撃せよといわれていたからである。夜明け前であろうか。東の空が薄明るくなって来た。夜が明けてからでは傷兵の収容も難しくなる。工兵小隊長は涙をのんで後退の命を下したのである。

予定された後退地点にたどりつき、人員機材を掌握し、再攻撃の準備をしているところへ、ランソン地区から友軍の参謀が仏軍の将校を連れて、降伏の呼びかけに来られたのである。要塞内はこれに応ぜず、翌十一日払暁、第二十二師団の総攻撃により、ドンダン要塞は完全に我が軍の手に陥《お》ちたのである。

5

――ドンダン要塞の鉄壁の守りを攻め崩すには、攻撃側には、よほどの苦労が強いられたが、もっとも重要だったことは、壁を乗り越えるための、梯子を必要としていたことである。

ドンダン要塞攻撃の主力となった工兵第三十七聯隊第三中隊の成合小隊は、梯子つくりが先決となった。成合少尉は、城壁の高さが垂直で十一メートルあるとみて、二段梯子でなければ用を為さないと察し、二段梯子を製作することにした。二段梯子というのは、消防隊が使っている親子梯子である。

幸い、隊員の中に、入隊前ずっと大工をやっていた大西一等兵がいて、しかも、成合少尉とは同郷である。折り折り故郷の西都《さいと》市の話をし合って、気脈はよく通じている。大西一等兵は、小隊長から二段梯子のことをきかれると、

「なんとかお役に立つものを拵《こしら》えてみます」

といって、さっそく仕事にかかる。電柱ほどもある丸太を縦挽《び》きにするところからはじまったが、この地の鋸はみな歯が横挽き用になっている。それで歯を縦挽き用にして、親梯子をつくり、子梯子をつくる。子梯子を吊り上げるためには、滑車はないので竹筒を代用した。親梯子が出来上がると、鎮南関《ちんなんかん》の城壁を利用して訓練を重ね、来たる攻撃開始のX日に備

えたのである。梯子は、親子ともに七メートル、城壁の高さを充分に越えられる。

そのX日の到来の日。

小隊は、鉄条網を破壊するため前進。急造破壊筒と親子梯子は、第十中隊の一個小隊の歩兵の力をかりて、巧みに運搬。鉄条網の破壊には失敗したが、攻撃隊は、敵陣地の軍犬のさかんな吠え方、撃ち出すトーチカの銃火にめげず、攻撃を続行し、鉄条網の「鋏断成功」のあと、爆破手の増永上等兵は、柄付き爆弾を持って、一階トーチカにたどり着き、銃眼にとりついて、柄付き爆弾を銃眼に突っ込んだまま、自爆し、一階のトーチカを沈黙させたが、上等兵自身もむろん散華している。

工兵隊というのは、行動を円滑に成功させるためには、いのちをかえりみず散華してゆく。運城を発してから鎮南関までの行動間、工兵隊はつねにこの工兵魂をもって、隊伍の先頭で奮戦して来ている。

小隊長の、

「行くぞ」

の命令一下、梯子の設定とともに、攻撃隊はつぎつぎと登ってゆく。銃弾と手榴弾の雨の中、

「梯子成功」

の声とともに、工兵、そして歩兵隊も、二段梯子を登ってゆく。工兵隊の鯖江分隊長は撃

たれて負傷したが、攻撃隊の城壁登頂はつづく。しかし、要塞に登り得たのは歩兵の中隊長、小隊長以下五名、工兵隊からは成合小隊長と大西一等兵ら七名のみ。なにぶん敵の銃火をくぐったので、死傷者も多かった。

　大西一等兵は、トーチカに登りつめ、傾斜している尾根の上で敵弾を避けていると、トーチカ内の水冷式重機関銃に水を注ぐ音がしている。また、城内で女子や子供の泣き叫ぶ声が、銃声の合間に聞きとれた。

　この時、成合少尉は、トーチカの排気筒をみつけ、何人かの手榴弾をあつめて、中に抛《ほう》り込んだ。下は無線室になっていて、この手榴弾で二階トーチカは沈黙した。

　大西一等兵は、トーチカの尾根の上で、曳光弾の明かりに浮く要塞内の状況をみていた。第十中隊の将兵が、下に降りて兵舎を攻撃する姿が、曳光弾の明かりでよく見えた。長い影を引いて、走り廻り、刺突し、斬り込む姿はすさまじく、映画の活劇場面をみているようだった。

　後続の工兵隊は来ない。城壁の下で手榴弾でやられてしまったらしい。二階梯子を登れたのは、ほんのわずかなのだ。

　手榴弾は、どこからとなく飛んでくる。大西一等兵の伏せているところへ、歩兵が五、六人、手榴弾に追われて来て、大西一等兵に覆いかぶさるようにして敵弾を避けたが、しきりに手榴弾が飛んでくるので、二人、三人と戦死してゆくのが、上に乗っている重みの崩れ方でわかる。大西一等兵にしても、右手に貫通銃創をうけている。

成合少尉も負傷していた。

四時頃になった。

成合少尉は、大西一等兵に、本隊への伝令を命じた。敵弾に射すくめられている場を、脱出させようとしてくれている配慮がわかる。

大西一等兵は、命令なので、敵弾を避けながら、梯子を伝って、城壁外に下りた。突入隊は全滅するに違いない、と思われた。城壁のあちこちから、負傷者の呻《うめ》きや叫びが聞こえる。闇の中に照明弾が照らし出すのは、友軍の死体ばかりである。

大西一等兵は、手さぐりで鉄条網のところへ来て、なおも、友軍を求めて闇の中をたどりつめていると、歩兵砲分隊を見つけた。救援を頼んでみる。

「救援したいにも残弾が十三発しかない。これは暁明の逆襲に備えて残しておく。五十発持っていたが、あとはみな使ってしまった」

と、いわれた。

無線班にも、連絡をたのんでみたが、無線機も故障していて、どうしようもないという。

あとは第二十二師団に頼むしかない。歩兵砲の下士官に相談すると、案内してやるという。

第二十二師団は、鎮南関北方に待機していた。第二十二師団では、偶然にも、工兵中隊に出会った。

中隊長に会い、戦況を話し、救援を頼んだが、命令がないので行動するわけにはいかない、と拒絶された。

「それでは爆薬をわけてもらえませんか。残りの兵力でなんとかトーチカ爆破をします」と頼んだが、わけられる余分の爆薬はない、といわれる。もっとも、爆薬を入手できたとしても、じきに夜は明けるし、間に合わない。それでも、

〔同じ日本軍でないか、つめたい。友軍はわずか七、八名で死守しているのだ〕

と、うらめしかった。

大西一等兵は、やむなく涙をのんで、元の要塞の位置へもどってきた。第一トーチカの近くまで来て、闇の中の要塞に向けて叫んだ。宮崎の方言が出た。

「オーイ、オーイ。成合少尉よオーイ。もうどしてん救援は駄目じゃが。頼んだけんどん来ちゃくれん。降りて来なさらんかい」

みると、成合少尉と歩兵らしい人影が五つ六つ、梯子のところで、動くのがわかった。救援は来ない。人影だけがいくつか、明けてゆく闇の中から近づいて来た。夜が明けはじめると、あちこちに、味方のむざんな死体がみえてくる。

梯子やその付近には、城壁から石油が撒《ま》き散らされ、苦心の梯子も燃えてゆく。手榴弾の誘発もきこえる。大西一等兵は、要塞から出てきた成合少尉らと、惨状を、茫然とみまもるよりほかはなかった。

以上は、梯子つくりをした大西一等兵と、工兵第一小隊成合少尉以下の攻撃隊の戦闘の様子だが、同時に攻撃隊に加わっていた第十中隊の模様に触れておきたい。歩兵隊の第十中隊第一小隊の小隊長曉豊後少尉の手記『ドンダンの戦闘』を引用させてもらう。

6

中隊には、水汲みや雑役のために、一名の安南人を雇っていた。朝来て夕方には自宅に帰るといった勤務であった。

その日（三月九日）。この安南人は、朝から来なかった。風雲ただならぬ情勢を察知していたのであろう。フランス軍も、情報を入手していたに違いない。

その日の奇襲開始は、予《あらかじ》め二二〇〇と命ぜられていた。日仏交渉の結果、フランス側が日本の提案を拒否した場合、仏印全土一斉に攻撃開始することになっていた。そのため通信班は、せわしく本部との連絡をとっていた。

中隊は二一〇〇、兵舎を出発、音をたてないように慎重な行動をとり、要塞の東南トーチカの道路下に展開した。息をころして「イエスかノーか」の返信を待っているらしい。二二〇〇になっても連絡はなかった。気をもんでいる時、ランソン方面から、砲声のとどろきが聞こえてきた。「遂に交渉決裂だ」と思うまもなく、中隊にも発進の命が下った。

予めの計画（命令）に従って、まず工兵隊の鉄条網爆破により、戦争の火ぶたは切って落とされた。「ドーン」という物凄い爆音、すかさず梯子を立てかける。一気によじ登る。吉川中隊長を先頭に、第一小隊が、将校宿舎に突入した。あの高い城壁を、あのトーチカを、どのようにして乗り越えたのか、ただ一瞬のできごとのようであった。

鉄条網の爆発音を聞くや、仏軍の機銃が一斉にうなりだした。照明弾が打ちあげられて、あたりを昼のように明るくした。梯子の位置を発見した仏軍は、その登り口に手榴弾を集中投下した。トーチカの穴から「コロコロコロ、ドドン」と絶え間なく落下爆発する手榴弾を浴び、後続を阻止された。こうして第二小隊の多くは要塞内に上がることができず、トーチカ下で、かなりの死傷者を出した。

一方、将校宿舎では、突入する時出てきた敵と正面衝突し、ここで吉川中隊長は戦死された。その後は、宿舎内での手榴弾の投げ合いになると、闇夜の中での混戦が続いた。

戦いは膠着状態になったが、時間はいつしか過ぎて夜明けが近くなってきた。夜が明けたら大変だ。暁少尉は近くの者を寄せて思案した。「このまま、この一角を死守するか。それとも、いったん後退するか」の苦しい判断を迫られた。下の方から、斎藤曹長の連絡の声がよく聞こえてくる。「鎮南関近くにいる原部隊の援軍は望めない」とのことである。

諸般の事情を総合した暁少尉は、ついに「撤退」を命じた。一斉に降りて、敵に察知されてはおしまいである。一人ひとり、間隔をおいて、突入してきた梯子を降りていった。最後になって、暁少尉が降りる時は、もう夜が明け始めていた。トーチカ上で戦死している服部少尉の姿が痛ましかった。

十日の昼、中隊は日本軍兵舎の東南方に集結し、負傷者の看護に当たると共に、聯隊本部との連絡をとり、今後の指示を待った。

夜になると、要塞から断続的に機関銃の音が聞こえ、時折り、照明弾が打ち上げられたりした。フランス軍は、日本軍の奇襲におびえているようであった。

十一日。ランソンから作戦指導のため村井参謀が見えた。ランソンの攻撃が一段落したので、フランスの捕虜を一名連れて来られ、ドンダン要塞に降伏勧告を行なった。

フランス兵は白旗を掲げて、要塞に進んで行った。その答えはどう出るか。村井参謀と暁少尉は、ドンダン駅南方の小高い丘の上に立って、その成り行きを見守った。

答えは「ノン」であった。フランス軍は、油をかけて梯子を焼いた。その夜も、要塞からは、機銃発射の音が、断続的に聞こえてきた。

十二日。ドンダン要塞は、鎮南関の国境に進出していた原兵団（第二十二師団）が単独で攻撃することになった。〇七〇〇、ものすごい砲撃の支援のもと、西側からの攻撃であった。

村井参謀と暁少尉は、ドンダン駅南側の丘の上から、この攻撃をみていた。約一時間くらい撃ち合ったであろう。〇八〇〇ごろ、フランス軍は白旗を振った。

こうして、すさまじかったドンダンの戦闘は終わったのである。

第十中隊は早速《さっそく》、戦友の遺体収容をはじめた。その夜、キリスト教会前の広場に、鉄道の枕木を積み上げ、合同火葬を行なった。生き残った者たちが見守る中で、火は仏印の空を焦がして、どこまでも高く舞い上がって行った。屍《しかばね》衛兵司令は児島伍長であった。

中隊には、中国から連れて来た小孩《ショウハイ》が何人かいた。服部少尉がかわいがっていた八歳ぐらいの子は、次郎と名づけられていた。次郎は、白木の箱に納められた服部少尉の遺骨の前にすがりつき、

「オーデタイジン、スラー（私の主人は死んでしまった）」と、いつまでも泣きじゃくっていた。

ドンダンに散った戦友の御霊よ

安らかに

〈この戦闘での戦死者はつぎの通り。

吉川淳中尉　服部正博少尉　原田正夫曹長　土井口高徳　門地進　大城俊栄　荒木勤　野口重喜　田中力人　川上元喜　安田峰雄　大城真吉　永浜光雄　岩城久義　松藤義明（通信隊）　日高栄一（工兵隊）　増永速（工兵隊）

梯子つくりの大西一等兵は、作戦終了後、ランソンの洞窟に開設されていた師団の野戦病院に収容されたが、一緒に入院していた第二分隊長の鯖江国義軍曹は戦病死、第二トーチカ

攻撃を担当した江藤義雄軍曹も戦死とわかった。

大西一等兵は、退院して、メコンナヨークの原隊にもどり、指揮班長、中隊長、聯隊副官に申告した時、三人ともに、「お前は二階級特進で兵長になっている」と、いわれた〉

ドンダン戦で、大西一等兵が懇願したにかかわらず、第二十二師団は動かなかった。命令がないから、といい張っている。

五年前、第五師団が、「鎮南関からの越境まかりならぬ」という命令を無視して、北部仏印に越境し、その独断を咎《とが》められ、事件となった。その二の舞を演じては、という配慮があったかもしれない。しかし、三月九日の夜に攻撃してくれれば、ドンダンはその夜のうちに陥ち、無益な戦死は出なかったろう。第二十二師団の態度は、傍観していた――と、それを無念に思った者は、大西一等兵だけではなかったはずである。この師団の戦力は、一撃に、ドンダン要塞を葬れたのである。

2 ランソン要塞群攻略戦

1

ランソン要塞群は、仏印軍の最大の拠点だった。市内を南北に流れるキーコン河と、河に沿ってドンダンへ向かう鉄路を挟んで、日本軍と仏印軍各拠点が対峙していた。北にキールワ兵営、鉄路の西にもっとも大きいシタデル兵営、周辺の山地にネグリエ、ワンウイ、ビルビョウ等の兵営が散在する。いずれの兵営も堅固な堡塁である。

三月九日、日本軍は三十七師団歩兵二二五聯隊主力と、山砲兵三十七聯隊主力、工兵三十七聯隊の第三中隊を基幹として、攻撃することになった。左は攻撃部隊の編成である。

長・鎮目武治大佐（歩二二五長）

歩二二五主力

聯隊本部　副官・首藤正義中尉
第一大隊　長・小寺次郎平少佐
第二大隊（第八中隊・重機一個小隊欠）長・久保田実少佐
第三大隊（第一中隊欠）長・遠藤正五少佐
歩兵砲隊（第一小隊欠）長・山下善雄中尉
迫撃砲隊　長・蔵ノ下繁中尉
通信隊　長・早川揮一中尉
乗馬小隊　長・原信治少尉
行李弾薬班　長・石原政雪中尉
山砲三七（第一、第四中隊欠、配属）長・藤村勇中尉
兵力合計　人員約二千百七十名
　　　　　山砲八門・聯隊砲一門・大隊砲六門
《ランソン要塞攻撃隊の攻撃部署》
攻撃隊本部　ランソン北端の岩山
第一大隊　攻撃目標＝シタデル兵営・北砲台・南砲台
第一大隊本部　副官・横山初男中尉
第一中隊　長・吉留利愛中尉

第二中隊　長・阿部猛大尉
第三中隊　長・榎園光夫中尉
第四中隊　長・前川芳彦中尉
第一機関銃中隊　長・中村信中尉
歩兵砲隊（第一小隊欠）長・山下善雄中尉
第二大隊（第七・第八中隊・重機二個小隊欠）
第二大隊本部　副官・北里夏雄中尉
第五中隊　攻撃目標＝ビルビョウ兵営　長・吉津大四郎中尉
第二機関銃中隊重機第二小隊（一個分隊欠）
第六中隊　攻撃目標＝工兵営・岩山カニ陣地　長・安岡誠中尉
第二機関銃中隊（重機二個小隊欠）長・松永多市中尉
歩二二五迫撃砲隊　長・蔵ノ下繁中尉
第三大隊（第十、第十一中隊欠）
第三大隊本部　副官・北原正中尉
第九中隊　攻撃目標＝キールワ兵営　長・板井国雄中尉
第三機関銃中隊重機一個小隊
歩二二五無線一個分隊

第十二中隊　攻撃目標＝保安隊・小学校・バクチ場の各兵営・キーコン橋・発電所　長・
　若山大丈夫中尉
　第三機関銃中隊重機一個分隊
　乗馬小隊（徒歩）長・原信治少尉
　行李弾薬班の一部　長・勝部茂准尉
第三機関銃中隊（重機一個小隊・一個分隊欠）第九中隊の攻撃に協力　長・穴田健一郎中
　尉
第七中隊　攻撃目標＝タンウイ堡塁　長・福田義夫中尉
　第二機関銃中隊重機一個小隊
　工兵三七第三中隊（第一、第三小隊欠）長・藤村勇中尉
　歩二二五無線一個分隊
第十一中隊　攻撃目標＝ネグリエ堡塁　長・中山政孝大尉
　工兵三七第三中隊第三小隊　長・河野金三郎少尉
　山砲三七（第一・第四中隊欠）攻撃目標＝シタデル兵営・ワンウイ・ネグリエ堡塁・マ
　イファー飛行場
日本軍は、ランソン要塞攻撃については綿密な計画に加えて、闘志と鉄石の団結を以て迅

速に事を行なわねばならなかった。しかし、相手は近代装備を整え、兵器、兵力ともに日本軍に三倍している。日本軍は粗悪な爆薬、急造の破壊筒、銃剣一本に手榴弾で攻め込むことになる。聯隊長鎮目大佐は、

「攻城戦は何よりも工兵隊に頼るしかない。わが軍の工兵隊の精鋭に期待する」

と、いっていた。

いよいよ三月九日。

鎮目大佐は、仏印軍将校を晩餐会《ばんさんかい》に招待した。この土地に到着した時の招宴の返礼である。山砲兵三十七聯隊長河野武夫中佐の新任を紹介したい、と、挨拶状には書き添えた。フランス側要人はみな参集し、招宴がはじまった。本来なら、司令部の合図を待ち、一挙に事を起こし、要人はみな捕虜にする予定だったが、なぜか連絡は来ず、そのうちに招宴は終わり、要人たちは退席してしまった。

二二〇五ごろ、要人退席を待ってか、仏印軍が先に発砲してきた。鎮目大佐は、決断して、各隊に攻撃突入を命じている。

シタデル兵営の城内には、ランソン守備隊司令部があり、ルモニエ少将以下約一千五百名が駐屯している。

第一大隊は、竹梯子で城壁を乗り越え、疾風の如く兵営に突入、手榴弾、白兵戦が、この時からはじまる。

第三大隊は、主力を以てキールワ兵営を、一部は保安隊兵営、キーコン橋を襲う。キールワ兵営には、火砲を配した複郭陣地が構築されており、第三大隊の突入を阻み、苦戦を強いられたが、急襲から強襲を重ねて、天明にはこれを占領している。第一、第三大隊ともに、河南平原においての密県挺進隊、許昌攻略戦で武勲を樹《た》てた精兵揃いである。しかし、この地の攻城戦では、いくたの死傷を重ねることになる。

このキールワ兵営攻撃戦の模様を、第九中隊長板井国雄中尉の手記を引用しつつ、解説してゆくことにしたい。

2

――必死の覚悟を五体に秘めて、眦《まなじり》を決した兵の動き、まさに静と動と気魄《きはく》の頂点を極める黒い集団が、じりじりと敵兵営との距離を詰めていった。

日頃は消燈の二二〇〇まで続くキールワ兵営内の音楽も騒音もそして灯りも、今夜に限り少く、幾許《いくばく》かの不安と重たい緊張を中隊長は感じていた。目標の東門まで、第一小隊の先頭は五十メートルと迫った。時刻はやがて規定時間の五分前、突如、四周の静寂を破り、南方ランソン・シタデル兵営方向に熾烈な銃砲声と喊声《かんせい》が暗夜に轟き、赤の信号弾が夜空を染めた。と同時にキールワ兵営の灯は一斉に消えた。

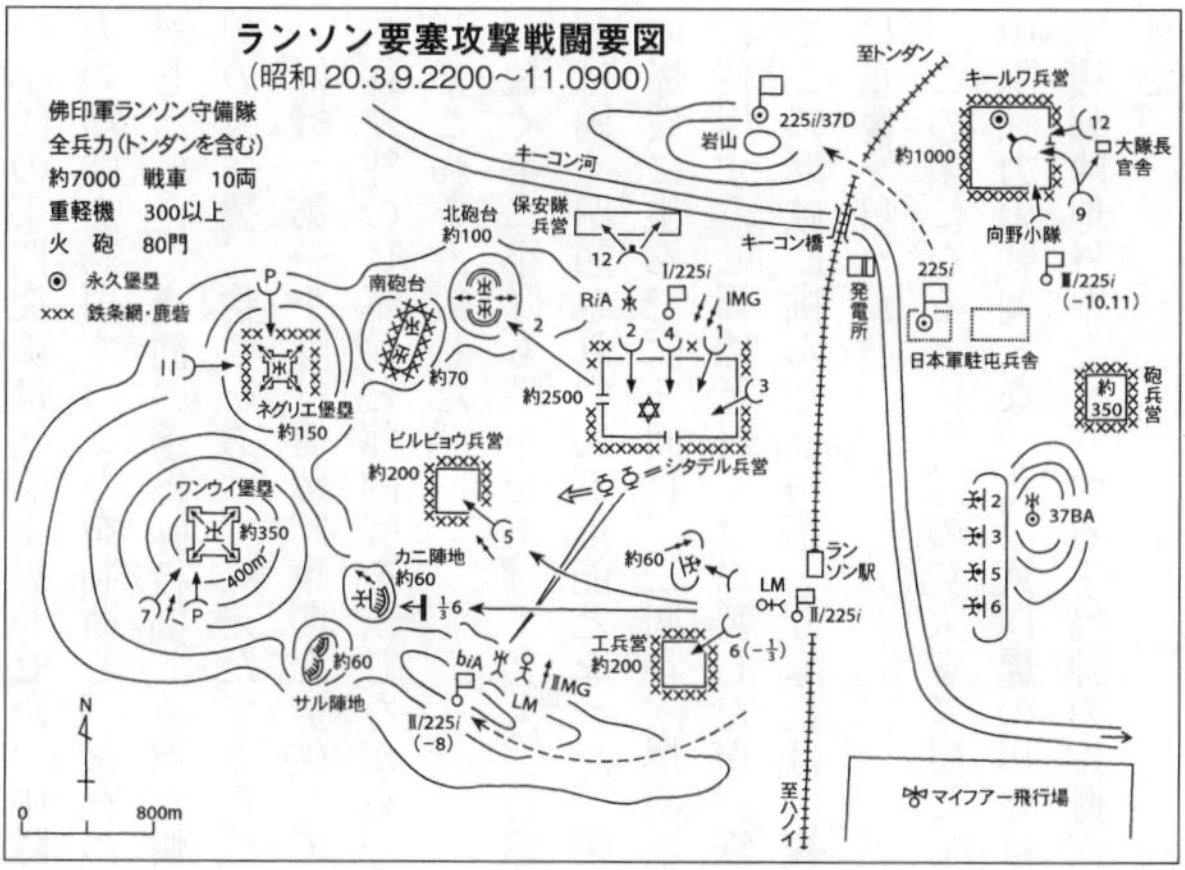

奇襲から強襲へと決断した。桜兵舎からの友軍山砲弾、南方の双葉洋行からの三機大隊砲弾が敵兵営内に炸裂、別働隊諸方分隊の軽機が同じく双葉洋行からキールワ兵営に向けて火を吐いた。南方、シタデル兵営方向の銃砲声の轟きと同時に、闇夜に四周へ盲射を開始したキールワ兵営内からの機銃・小銃弾は、曳光弾とともに一時中隊正面をも覆ったが、幸いに、シタデル兵営（南方）方向の銃砲声と山砲、大隊砲、諸方分隊の南方よりする斉射に、この方面を日本軍の主攻面と判断したか、その火力は逐次この南方面へ集中され、中隊攻撃の東方方向への射撃はやや緩慢となった。「計画、成功、好機」と先頭を切る第一小隊は一気に路上の拒馬、鉄条網を押しのけ飛び越えて東門に殺到突入を図った。しかし、ようやく中隊の攻撃を感知した仏軍の火力は、再び猛然と射撃を浴びせ、第

一小隊の東門突破は困難を思わせた。中隊長は、突入の遅れはますますこの方面への仏軍兵力の増強を誘引することを判断し、最後の突入手段として予定していたとおり、第二小隊に対し、敢《あ》えて夜間の手榴弾投擲《とうてき》（東門左側に対し）開始を命じた。忽然《こつぜん》として起こった手榴弾の大炸裂、唸《うな》りをあげて吠えたてる重機の猛射に、さすがに仏軍の射撃も一瞬途絶えた。「好機」第一小隊は勇躍、東門を突破して兵営内に突入、内壕を飛び越え、銃座を飛び越し、右往左往の仏軍兵と陣内戦を演じながら一気に目標の将校宿舎へ突入、白兵戦の後、寸時にしてこれを占領した。

続く第二小隊も喊声をあげて突入、目標の仏軍複郭陣地へ殺到したが、既に同陣地の鉄門扉は固く閉鎖され突入不可能となった。第二小隊は事前の指示通り躊躇《ちゅうちょ》することなく鉄門扉の爆破に挑んだ。一回目、二回目、爆薬不足のためか不成功、かくてはと残りの爆破を一挙に使用する。轟然と爆薬は炸裂したが、鉄扉の厚さは頑強にこれを拒んだ。この時、率先してこの爆破に挑んだ前田第一分隊長は、複郭陣地外壁上からの手榴弾投擲を受けて、左脚部に重傷を負った。

この頃になると、中隊の突入を考慮して、友軍山砲・大隊砲の支援射撃は中止され、全く中隊独力の戦闘となった。鉄門扉の爆破は不成功となったが、この爆破作業を恐れてか、仏軍複郭陣地外壁上よりする手榴弾の投擲、下部銃眼よりする水平射撃は俄然《がぜん》激しさを加えてきた。

中隊長は複郭陣地の占領をやむなく断念、中隊本部位置を現在確保中の将校宿舎地点に選定し、この仏軍複郭陣地の孤立化を目指した。

この間、幸いに仏軍複郭陣地からの出撃はなかった。

第9中隊仏軍キールワ兵営攻略要図
(昭和20.3.9.2130～3.11.0800)

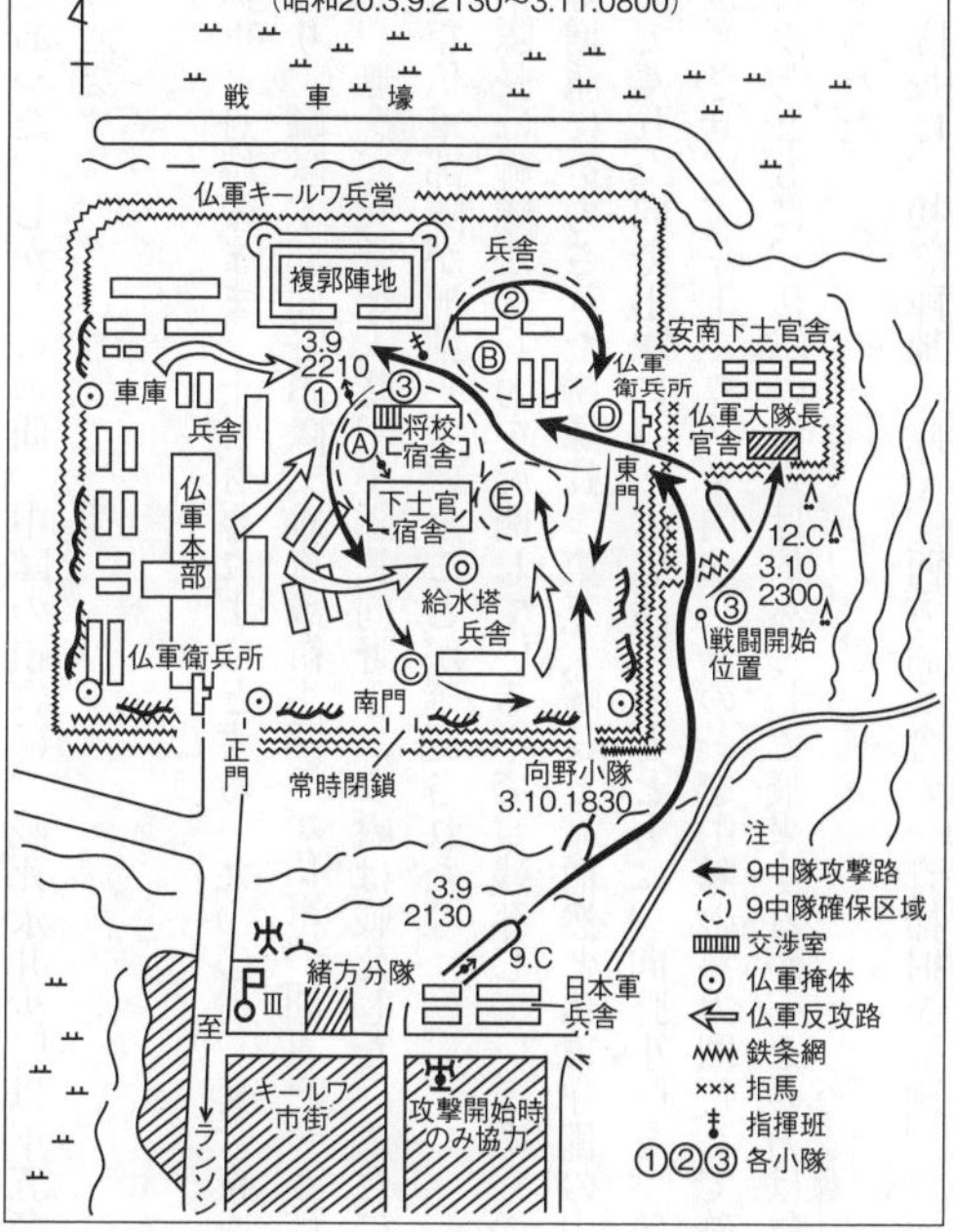

中隊長は、複郭陣地の占領は不成功に終わったが、同陣地と営内兵舎・営内野外陣地との分断、周辺営内野外陣地の掃射と、一応の戦果を確認したことにより、中隊の掌握と戦線整理を図った。

大隊本部は、戦闘開始とともに、キールワ兵営真南の双葉洋行の社屋に位置している。時に時刻は二二二〇、長いようで短かった三十分間弱の戦闘であった。しかしこの間、中隊の損害は、戦死永井少尉以下五名、戦傷前田軍曹以下八名を数えた。

仏軍と対峙のまま、十日も暮れようとする一九〇〇前、兵営東南方に激しい銃声と喊声が起こり、聯隊本部向野小隊(軍旗護衛小隊)が仏軍の囲みを突き破って中隊に来援した。しかし、無念、兵営突入時、小隊長向野正二少尉は戦死した。これにより兵営四周には、未だ有力な仏軍部隊が配備していることが確認された。

中隊長は聯隊が全兵力を展開している中で、残存している唯一の軍旗護衛小隊を敢えて九中隊増派に努力された聯隊長・第三大隊長と、敢然と仏軍守備の中央を突破して急援に馳せ参じてくれた向野小隊に心から感謝するとともに、向野小隊を、第一、第二小隊の中間地区に位置させて、キールワ兵営内の三分の一を中隊の勢力圏として確保した。

日没とともに、仏軍の射弾は依然として飛来するが、その力は急激に減衰してきたことが感ぜられた。

中隊長は、複郭陣地を除く、西方面兵舎の一斉掃射を計画、二三〇〇の攻撃を定めてその状況を大隊長に打電する。打電の直後、大隊本部より河合主計以下緒方別働分隊が到着、心尽くしの握り飯を運んでくれた。この時、河合主計の話により、仏軍が未だ抵抗しているのは、このキールワ兵営と、ドンダン堡塁のみと判明した。

このころ、仏軍からの散発的射弾は飛来するものの、組織的出撃は殆《ほとん》どなくなり、仏軍兵（現地安南兵）の兵営からの逃亡離脱も散見されるようになった。二二三〇、各小隊は（向野小隊を予備隊とする）攻撃準備を完了した。同時刻、大隊本部より入電あり「明朝、大隊は主力を以て一気にキールワ兵営を攻撃す。九中隊は現在地を確保し、明払暁攻撃を準備すべし」と。

中隊は、更《さら》に警戒を厳にし、敵の逆襲・反撃に備えるとともに、疲労困憊《こんぱい》の将兵、お互いに激励し合って明朝の勝利を誓い合った。

二三〇〇、東門方向に激しい銃声が起こった。と同時に、第十二中隊（中隊長若山中尉）が来援到着、九中隊の志気はまた大いに揚がった。板井隊長は、第二、第三小隊を掌握、同時点の警備確保を第十二中隊（二個小隊）に依頼した。

当時、第九中隊の可動兵力は約五十余名となっていた。

3

この対峙の時、遠藤第三大隊長は、仏軍捕虜を使用して、極力無益の損害を避け、戦闘終了に努力すべし、と、指示をしている。そこで聯隊本部勤務の谷畑伍長を通訳とし、仏軍将校と降伏について交渉している。

交渉は、坂井第九中隊長、若山隊長、清水准尉、大村曹長ら八名、仏印側は、伊藤信保軍曹の案内で仏軍将校八名が出て、将校宿舎一階居間で会見している。左はその交渉の模様である。

中隊長「小官は、当兵営の攻撃隊長である。貴官は、当兵営の指揮官なりや」
仏側「否、自分は当兵営内の隊長、ベルトライン大尉なり」
中隊長「大隊長が居られると思うが」
仏側「大隊長は不明なり」
中隊長「状況、既《すで》に貴官承知しあると思うが、ランソン地区の仏軍は全て降伏、ランソン地区の戦闘は終了せり。この地区に於《お》いて、最後まで勇戦されたる貴官の功績は、賞讃されるべきものなり。今後は無益ともなろう損害を避け、降伏されたら如何」
仏側「ローベル指揮官に会いたし」
中隊長「夜間に加え、状況上許されず。また兵力の移動は不可能なり」
仏側「非戦闘員の措置は如何」
中隊長「同行動をとられて差支《さしつか》えなし」
仏側「降伏後、我等は如何措置されるや」
中隊長「後方機関へ送還す。爾後は、上司の措置せらるるところとなろう」

仏側「負傷者の措置は」
中隊長「後送後、収容手当が行なわれよう。現在、当方にはその機関、余裕もなし、手当実施は不能なり、貴側に於て極力手当されよ」
仏側「日用品の携行は」
中隊長「兵器、戦闘資材以外、私物の携行は差支えなし」
仏側は各将校がそのまま談合、約五分間後、
仏側「降伏す、降伏の時間は」
中隊長「〇七〇〇までとする」
仏側「種々準備あり、一時間延長を許されよ」
中隊長「やむなし、一時間を延長す、然れども時間は厳守されたし、厳守なき場合は行動の自由を保留す」
仏側「異存なし」
以上で交渉は終わっている。

——以上が、第九中隊のキールワ兵営攻略戦の概略だが、この攻略戦は、日本軍としては異例の対要塞戦であるので、左に実戦者の体験記録の二、三を抄出引用させてもらって、苦戦を強いられた実戦事情を記しておきたいと思う。

4

左は、第三大隊第九中隊佐藤惟保軍曹の『支・仏国境を越えてキールワの戦い』と題する手記の一部である。昭和十九年末、第五師団苦戦の崑崙関《こんろんかん》を過ぎての、進軍の模様から叙してある。

『――南へ南へと行軍する途中、崑崙山に立派な忠霊塔がある。塔の下に中国軍が建てた広島第五師団第二十一旅団長中村少将の立派な墓があった。南寧に進攻した日本軍も苦戦したとは聞いていたが……。

南寧の河は青色より緑色で対岸の柳木は、まるで私達を招いている様に見えた。この河は工兵隊の舟艇に依り渡河出来た。この頃は天候不順で曇天雨天が多く行軍は昼間が多かった。南寧渡河後、思楽に来て、四、五日駐留、私と清水准尉は事務の整理に忙しかった。

幾日か行軍して、二月十日頃の真夜中、鎮南関の城門を通り仏印に入った。少時行くと、支那とは違い、道路は立派だし鉄道と並行に電柱や、ガラスのついた住家もあり、夜が明けるに従い美しく、今までに通ってきた中国と違う、フランスの領土故に大分《だいぶ》開けていると思った。

ドンダンを昼過ぎに通過してランソンに着いた。第九中隊は鉄橋から少し離れたキーコン河の傍の宿舎に入った。仏軍将校、安南の兵隊は汚れていない立派な服装をしていた。私達は、長い行軍の疲れをいくらか癒《いや》すことが出来た。キーコン河の向こう側には、山半分を造り変えた、ネグリエ、ワンウイの両砲台が見え、そこにはフランスの旗が翻《ひるがえ》っていた。

ベトナムも二月の末になると寒い。南方でも日本と同じく冬は寒いと思った。体操か駈足などして過ごしたが、点呼だけは欠かさず実施された。二月の末にキールワ兵営台地の下の兵舎に第三大隊は集結した。

当時欧州では、友好国イタリアは降伏し、ドイツも戦局不振に陥っていた。もしこの状況で、仏印側に寝返りを討たれるようにでもなれば大変と、仏印軍の武装解除の方針が決まり、其の決行は、三月九日午後十時と定まった。

当時、ランソン地区には、ネグリエ、ワンウイの両永久砲台があり、ベトンの厚さは四十センチもあり、十サンチ加農砲でなければ打ち抜くことはできぬとの事だった。また、キールワ、シタデル両兵営、他に重砲陣地もあり、その守備兵力は一万といわれていた。この兵力に対して、我が二二五聯隊は二千名、容易なことではなかった。

第九中隊は仏軍キールワ兵営の攻略と決まった。板井隊長は、三大隊長遠藤少佐とも協議し、また下士官を集めて攻略案を練った。

キールワ兵営は南側の斜面散兵壕の前に、蛇行型の鉄条網が七重に張ってあり、北側には高さ約十余メートル、周囲をベトンで固めた一郭があり容易ではない。兵営の入口は表門か、裏門しかない。故に裏門より突入し、敵兵舎内に敵と一緒に居を占めて戦局の打開を図るより以外にはない、と決まった。

同日午後五時ごろ、仏軍の将校が馬に乗って我が軍の様子を偵察に来た。私は道路に居たが将校は直ぐに帰って行った。今夜攻撃するというのに、これという緊張した態度は見られなかった。

西山分隊は攻撃開始とともに、配属の憲兵一名と、キールワ兵営の大隊長官舎を襲い、同大隊長を捕えることになっていた。出発三十分ほど前に協力の山砲一門が、トラックで進入してきて砲を据えた。大隊砲の陣地は前以て密かに作ってあった。

第九中隊は、攻撃開始三十分程前に戦備を整え、静粛に出発、特に我が意図を察知されないように気を配り、登り坂を音のしないように前進した。街も兵舎も電燈は煌々《こうこう》として、とても戦いの始まる様には思えなかった。

突如、午後十時五分前、シタデル兵営の方向で、日本軍の重苦しい九二式重機関銃の音がした。一瞬にして、今迄《まで》明るかった電燈は消えて真っ暗になり、同時に仏印軍の射ち出す弾丸の音は激しく、まるで豆を炒《い》る様だった。

戦闘開始と同時に、板井中隊長は「フランスの大隊長は捕捉出来たか見に行ってこい」と私にいった。私は誰かを指名してやろうと思っていたら、傍にいた清水准尉が「急を要する場合は指揮班長自ら連絡に行くんだ」と叱咤した。

私は野田上等兵を連れて大隊長官舎に急行した。山砲及び大隊砲が、我が中隊の裏門突入支援のため激しい砲撃をしていた。永井少尉を先頭に第一小隊は一気に裏門に突入したが、永井小隊長は、先頭に立って裏門に迫った時、敵弾に斃《たお》れ名誉の戦死を遂げた。

永井少尉の、拒馬を開き我が隊突入の進路を作ってくれた武勲を讃《たた》えると共に、戦場の華と散ったその戦死には、惜別の情堪え難い思いがする。

私は直ぐ大隊長官舎へ行ったが、中はガランとして電燈だけが明々として人影は見当たらなかった。各部屋ものぞいてみたが人影はなく、仕方がないと思い、中隊の突入した兵営にとって帰った。

私は裏門から二十メートルぐらいのところで、兵営内の壕から激しい軽機の射撃を受けた。私は道の側溝に伏せた。しばらくしたら、仏軍服の大の男が悠々《ゆうゆう》と腕を振り兵営に近づいてきた。私は、夜でもあり、この人が仏軍大隊長であったとは思いもつかなかった。

私は側溝から飛び出し、持っていた銃剣で心臓めがけて刺突した。仏軍大隊長は私の銃剣を握り、フランス語で何か言った。私は銃を離し、彼の腰に手をかけて投げ、三回程突き刺したら動かなくなった。私は一気に裏門に入り、中隊の占領している敵将校宿舎に追及した。黒田兵長が負傷して担ぎ込まれて、水を欲しがるので飲ましてやった。私は傷の程度で、助かる、助からないの見分けはつく。

敵一個大隊約一千名と二晩過ごした。攻撃二日目、ワンウイ砲台に白旗が上がり、捕虜にしたフランス将校の説得で、郭内陣地の仏印軍も投降する様に決まった。そうして郭内陣地から、整々と四列縦隊で七、八百名の仏軍が、悪びれた風もなく、堂々と行進して来たのには些《いささ》か私も驚いた。

しかし、配属第三機関銃中隊の一個中隊を加え八十名足らずの兵力で、良く攻め込んだものと思うと共に、永井少尉以下の尊い戦死傷者の偉勲によって終結したことを心に刻んだ。

私が刺突した人は、仏軍大隊長であったことは戦後判った。

我が大隊は勝ったが、第十中隊はドンダン要塞攻略戦に苦戦し、勇敢だった吉川中隊長は二十三歳で、仏軍守備大隊長と拳銃の撃ち合いをして戦死した。ドンダン要塞は十二日、第二十二師団の歩兵第八十四聯隊と重砲群が攻撃して陥落した。

遠く山西省晋南から長途南進した我が部隊が、いかに忠君愛国の信念に燃え武功抜群の勇士たちであったか、四十年経った今、しみじみと当時を思い起こしている。

思うに我が中隊も、宝慶城攻撃、キールワ兵営攻撃等、その勝利は、板井隊長を核心とした中隊団結の賜《たまもの》であり、この団結の信念こそが戦勝に結びついた原因であったろうと、私は私なりに今も思っている。

第十中隊がドンダン要塞攻撃に敗れ、第九中隊も永井少尉以下が戦死した。その仇討のつもりで、北原大隊副官から貰いさげてきた捕虜三名を、冷静に返ってまた帰したことは、今になってよかったと思っている』

5

仏印進駐の要塞攻略戦は、人それぞれの体験手記によって、微妙に印象が違う。戦場とはいえ、兵士は一木一草にも心をとめる。つぎは丹生幸男軍曹の『仏印キールワ兵営の攻撃』と題する手記の一節である。

『――中仏国境の鎮南関のあたりは、すでに梅の花が咲いていた。それを見て私は、万感胸に迫るものがあった。華北山西省を出たのがちょうど一年前のやはり、梅や桃の花の季節であったことを思い浮かべたからである。

仏印に入って最初の町、ドンダンを夜中に通過したが、道筋の軒燈をみてうれしかった。はじめて電燈の下で、戦友たちのみすぼらしい姿も眼に映じた。髭づらの男たち、それを包む軍服は色褪《あ》せて、ぼろぼろであったからである。ランソンには夜が明けてから着いたが、往来の人々は、珍らしいものでも見るような眼差《まなざ》しで、我々の行進を眺めていた。

ランソンの象徴は、南に上空高く聳《そび》える一大要塞群である。ここで私は命により、第九中隊に復帰した。やっと梱包運びの任務が終わったのである。作戦中、苦楽を共にした兵士三人にも、別れの言葉を告げたかったが、かれらはランソン到着と同時に原隊に帰っていて、それもかなわなかった。湘桂作戦における私は、本当に彼等には世話になった。この先もどうか無事に過ごしてもらいたいと秘かに祈った。

歩兵第二二五聯隊が、仏領印度支那のランソン及び周辺の仏印軍を攻撃したのは、昭和二十年三月九日午後十時からということだったが、実際にはじまったのは、それより五分も早い九時五十五分であった。

その聯隊の中で、第三大隊第九中隊は、ランソン市の仏印軍部隊の中で、三番目に大きいキールワ兵営を攻めることになった。

キールワ兵営は、ランソン北郊の丘にあって、兵舎及びトーチカは、近代的建築で装備された準要塞であった。ここに駐留するのは、一個大隊約一千名位で、三十名の将校はすべてフランス人であった。

これに対する第九中隊は、もちろん第九中隊ばかりではないが、中国戦線で損耗に続く損耗を続けて、いまや総勢八十名足らずで、しかも大砲の協力は山砲一門（攻撃開始時のみ）と大隊砲二門のみであった。しかし、連戦錬磨の我々は少しも意に介せず、戦う前から敵を呑む勢いがあった。

終日、春霞に霞《かす》む連山に囲まれたランソンにもようやく夜のトバリが降りた午後九時に、第九中隊の面々は、戦闘準備も物々しく、広場に集合し、板井中隊長より本夜の奇襲について夫々《それぞれ》に命令を受けた。

私の分隊に与えられた命令は「中隊の前方百メートルをキールワ兵営にむかって前進し、敵衛兵所を急襲、後退する敵歩哨、衛兵と同時に営門を突破せよ」というものであった。一瞬、私の頭の中を閃光が走った。余りの重大事に一時は呆然となったが、総てを天運に任せようと決心した。

時刻は刻々と迫って来た。九時三十分、私と部下三名は、尖兵より先に中隊宿舎の裏門から静かに出発した。

この夜は、まだ月がなかった。暗いランソンの裏路地をすすむ我々の一隊に気付く者は誰もいなかった。街を出ると、道はキールワ兵営まで一本道で、人家はなく田圃《たんぼ》や雑木林が続くだけである。

ものの十分も進んだろうか、突如、後方のランソン市内で機関銃の音が夜の静寂を破ってひびき渡った。

「ダダダダダ……」その音と同時に、ランソンの街から次々に電灯が消え、忽《たちま》ち暗黒の街と化した。

僅かの星明かりに腕時計をのぞくと、針は五十五分を指していて、十時まで五分も早い。

「しまった」この銃声で、キールワ兵営も戦闘配備につくだろう。そうなれば、我々一個中隊きりの小兵力は、彼等の銃砲火の前に苦戦となり、最悪の場合は全滅の恐れさえある。

私の胸は早鐘のように鳴りはじめた。そして営門めざして全速力で疾走した。百メートルも走ると、胸が苦しく息使いも荒くなった。ここまで来ると敵の歩哨が放つ銃弾を、今か今かと意識し始めた。すると恐怖が背筋を走る。

五十メートルまで進むと、敵の営門が夜空に黒くぼんやりと見えはじめた。しかし、敵の歩哨や衛兵の姿は見えない。何故か？　この時、私の脳裡を一瞬掠めるものがあった。それは、敵の歩哨や衛兵はさきの銃声と共に門内に潜み、走り来る我々の足音を聞いて、敵か味方か判断しかねているのではないか、それならば幸いである。このまま敵兵となって営門を突破しようと思ったが、残念にも扉は閉っていた。とっさに右手の鉄条網の土手にへばりつく。

この時、我々の後から走って来た黒い影が、星明かりで、永井小隊長殿と判明した。永井小隊長はそのまま門に近づき扉に手を触れた瞬間、門の内側から敵の機関銃が猛然と火を噴いた。永井小隊長は左手で胸を押さえながら、一歩二歩左へ寄り、鉄条網の土手にばったり倒れ伏した。我々は即座に、その機関銃をめがけて手榴弾を投げ銃撃すると、手応えがあり、バタバタと逃げてゆく数多くの足音がする。

今だ。私は門に走って扉を押した。すると門は何の抵抗もなく内側に開いた。

「おーい、門は開いたぞ」

私は後方の中隊主力に向かって大声で叫んだ。そして中隊主力と共に営内へ突撃した。

我々は右手の石段を駈け登り、無人の将校官舎二棟を占領した。この時まで、高いコンクリート塀内に、集結していた敵全員は、我々の突入を知り、騒然となっていた。このあと第九中隊は、この二棟を拠点として戦いの場を次第に拡げてゆくことができたのである。

戦いが一段落した夜中、ふと営門で倒れた永井小隊長が気になったが、すでに仏印軍が、我等を包囲し、裏門近くの壕内に入り込んでいて近づけない。

十日には、聯隊本部の一個小隊が、応援に駈けつけ、鉄条網を突破しようとするので、右側のトーチカに側防火器があること、正面の壕内にも敵が潜んでいるから、と声を限りに叫んだが、銃砲火の中で聞こえず、十数人がバタバタと倒れた。衛生兵の話では、小隊長向野少尉殿も戦死したと聞いた。

それから更に、一昼夜、激しい陣内戦が続いた。しかし、遂に敵は降伏した。それも、ランソンを取巻く山々の一角に傲然《ごうぜん》とそびゆるワンウイ要塞の陥落が、その引金になったのである。

戦いが終わるや急いで裏門に駈けつけてみると、永井小隊長はあの時倒れたままの姿勢で事切れていた。二日間風雨に晒《さら》されたのに、叢《くさむら》には血の跡もなく、顔も綺麗で私の心も救われた。

門柱の内側では、我々尖兵に殺された仏軍の衛兵である黒人兵と安南兵二人が、溝に転がって死んでいた。

営内のあちこちでは、仏印軍の死骸が散乱し、動けない負傷者もたくさんいた。もちろん第九中隊からも八名の戦死者と二十数名の負傷者を出すに至った。その中で私は幸い無傷であった』

キールワ戦では、変わった経験をした人も多い。

左は『私なりに戦った明号作戦』と題する、大隊本部経理室勤務の宇都宮己上等兵の手記の一部である。この人は竜州でマラリアに苦しみ、遅れて仏印へ、第九中隊と同じくキールワ戦をしている。

『――二一五五突如シタデル兵営方面でドーンという音がしました。第一、第二大隊の攻撃方向です。

愈々《いよいよ》戦闘開始、予定時刻より五分早い、第九中隊も突入開始か、緊張が全身を貫くのを覚えました。仏軍キールワ兵営東門方向にも激しい銃砲声が響き、無数に炸裂する手榴弾の音が暗夜に轟くと同時に、仏軍キールワ兵営の灯りは一斉に消えました。

決死隊突入中であろう第九中隊の成功を一瞬瞼を閉じて祈りました。

腹の底から響く砲声、豆を炒《い》る様な機関銃の連続音、青白く、赤く尾を曳く曳光弾の交錯、死闘を繰り広げたこの光影がもし戦いでなかったら、それは見事な一幅の絵画だったかもしれません。「ヨシっ」遠藤大隊長の力強い声で一斉に立ち上がり、隊長を先頭に北原副官、江頭軍医、河合主計外部員一団となり、早駈けで、双葉洋行に急行しました。

双葉洋行の玄関口で暴漢と間違われ、現地人の使用人からいきなり猟銃発砲のお見舞を受けたのには、度肝《どぎも》を抜かれたものでした。

そのうち十坪余りの双葉洋行の中庭にも迫撃砲弾が落下し始め、乗用車やトラックのフロントガラスは粉々に砕け、砲弾の破片と共に伏せている私等の鉄帽を叩きます。そのうち警戒中の伝令達にも負傷者が出始めました。

仏軍キールワ守備隊降伏後、陣地に行ってみたら、双葉洋行へは夜間射撃の為、白ペンキで白線を引いて照準をしてありました。道理で狭い中庭に、数発の迫撃砲弾が命中したのが頷《うなず》けました。「宇都宮上等兵、お前は慰安所に行って来い」私は河合主計殿の命令に怪訝《けげん》な顔でいたら、「慰安所の経営者と従業婦全員を収容して来い」と。なるほど慰安所は経理室の所管だったのです。

私は単身、慰安所へと一目散に走りました。慰安所では慰安婦と経営者の小母さん共七名で、彼女らは身廻り品をトランクやケースに詰め、一室にこもり、戦々兢々《きようきよう》としていましたが、私の姿をみるなり一斉に縋《すが》りつきました。余程《よほど》心細かったに違いありません。

途中の通路は、ちょうどキールワ兵営の西南角陣地から真正面で、狙撃の弾丸は道路を跳ねて飛んで来ます。やむを得ず軒下や塀際を利用して、全員無事、大隊本部である双葉洋行に収容しました。

第九中隊がキールワ兵営で戦闘している間、私は河合主計中尉の命で谷口班長、山下兵長と私は慰安婦を動員して有り合わせの大釜を準備し、これで飯を炊き、握り飯を拵《こしら》えさせ、河合主計中尉指揮の下に第九中隊に届けることとしました。

キールワ兵営が陥落した十一日の朝、遠藤大隊長以下本部将校に随行してキールワ兵営に入る時、東門際の坂道に逆さまに斃《たお》れている白人軍人の袖の階級章を見て、私は双葉洋行の主人に「これは曹長ですか」と尋ねたところ「いや、将校で少佐です」という返事でした。この人が第三小隊が捕獲に向かった、キールワ守備の大隊長とは後で知りました。大隊長は官舎にて戦闘開始を察知して、急遽《きゅうきょ》兵営に復帰の途次、キールワ兵営突入の第九中隊指揮班と正面衝突、その際戦死されたのです』

6

シタデル兵営は、ランソン要塞群の中では、キールワ兵営とともに、もっとも大きな存在を示していた。ローベル大佐以下守備兵約二千五百が、堅牢《けんろう》をきわめた兵営内に、完璧の装備を擁して待機している。

シタデル兵営攻撃戦については、第四中隊第一小隊長岩崎金夫少尉の、シタデル兵営を中心とする詳細な記述があるので、それを引用させてもらう。

シタデル兵営はランソン市内のやや中央に位置し、東西約六百メートル、南北約三百メートルの矩形をなし、外周は、三メートルはあると思われる高い煉瓦《れんが》塀で囲まれ、その上に有刺鉄線を張り巡らしていた。

城壁四方の各中央には、頑丈な鉄扉のついた堅固な城門があり、四隅にはペトン式トーチカの望楼が常に眼を光らせ、無気味な存在である。

シタデル兵営の中にランソン守備隊（日本の独立混成旅団級）が置かれ、全仏印軍中の最精鋭部隊と自認し、事変直前に当たる二十年二月末には、第一次欧州戦争の際の勇士ルモニエ仏陸軍少将を司令官に迎えて、士気大いにあがり、下士官、兵の外出を制限して、警備訓練に励みつつ、着々、陣地を増強し戦備を整えていた。その時点でのランソン守備隊の兵力は仏人兵約三百名を基幹に、他は外人傭兵部隊・安南兵で約七千名（ドンダン守備兵力をも含む）中、シタデル兵営は二千五百名で聯隊長（警備隊長）ローベル大佐が駐屯し、仏支国境付近の防備に当たっていた。

東西に約六百メートル、南北に約三百メートルのこの兵営内の建物その他の模様は、相当の高度から撮影したと思われる空中写真を一度見せられたくらいで、どこがどこやら見当がつかず、かりに無事、水濠（城壁の外側真下幅約二メートル）を渡り、煉瓦塀を乗り越えたとしても、わが家同様、常時兵営に起居し、営内の隅々まで知りつくしている敵は有利で、余程のことがない限り勝ち味は薄く、我々としてはサイゴンでのトップ会談が円滑にまとまり「3・3・3」の和解信号が発せられることを秘かに期待していたのだが、結果は最悪の事態となり、仏印軍側から機先を制して一斉射撃が始まり、各中隊は赤信号を待たず攻撃に移っていった。

堡塁を背に兵営に向かって右から第二中隊（長・阿部大尉）、正門を中央にして第四中隊（長・前川中尉）、その左後方予備隊第一中隊（長・吉留中尉）、兵営正門に向かって左側より第三中隊（長・榎園中尉）、第一機関銃中隊（長・中村中尉）第一中隊後方、歩兵砲隊（長・山下中尉）第二中隊後方、と、兵営からの仏印軍による射撃を物ともせず、急遽それぞれの攻撃部署につき、第一大隊本部の武力発動開始の合図を示す赤の信号弾が我々のすぐ後方で打ち揚げられたのが二一・五七分前後であった、と記憶する。

以下は、シタデル兵営攻撃開始より、翌十日午後には仏印軍が西方へ逃走を始め、一六・〇〇、ネグリエ堡塁が白旗を掲げて投降してきた、その間の我々第四中隊に関係する戦闘の経過と結果について、自分の知る範囲で述べることとするが、無我夢中の十八時間、定かでないことばかり多く、四十五年も前の記憶を呼び戻してのことであり、違う点がある場合は何とぞご寛容下さい。

機関銃中隊長―第一大隊長副官を経て栄《はえ》ある我が第四中隊長に任命され、武昌で再入院した伊牟田隊長の後任として着任された前川芳彦中隊長は眉目秀麗、容姿端麗、しかも言動がハキハキして男の中の男という感じのする人であった。

このような優れた中隊長を中心に、ここ数日来、毎晩のごとく夜間演習と称し、隠密裡に利用してきた仮兵舎を、水濠の渡り板、城壁用縄梯子、対戦車用火焔瓶などを携帯し、当中隊の攻撃目標であるシタデル兵営北側（正門）一ぱいに設置してあるサッカーグランドに、迅速かつ隠密に進んだ。

グランドに併行し東から西を結ぶ幅八メートルの鋪装道路（グランドのレベルより約五十センチほど低い）及び、その後方に連なる芝生の平地に守宮《やもり》のように腹這い、ほっとしたのも束の間、煉瓦塀、望楼、兵営隅々にあるトーチカなどの、銃眼という銃眼から猛烈な射撃が開始され、距離は僅かに八十メートルだからたまったものではない。

偶々時《たまたま》を同じくし、武力発動開始の赤い信号弾が一大隊本部の位置から打ち上げられ、これに合わせたように数十発の仏印軍による照明弾が、腹這い姿勢で釘付けになっている我々の真上で炸裂、敵の射撃は、このときこそと一層猛烈、暗闇のときと違い弾着がやや確実となり、更《さら》にワンウイ、ネグリエ、南、北砲台いずれのものかはっきりしないが、数発の砲弾が近くで炸裂、突進を待っている各小隊のあちこちから、ウウッという苦しそうな呻《うめ》きと、看護兵を呼ぶ悲痛な叫びを耳にし、戦況の容易ならざるを知る。

第一小隊突入せよ！　の中隊長命令を今か、今か、と待ちうけていたのだが、一向《いっこう》にその兆《きざ》しがない。焦《あせ》る心をを押さえに押さえていたところ、中隊指揮班の一人が自分のところに駈け寄り、前川中隊長は先程、胸部貫通を受け重傷、急ぎ後方に護送された旨、伝えて来た。一瞬、愕然とし放心状態になったが気をとり直し、代わって中隊の指揮は私がとるが、気をたしかに持ち絶対死なないで下さい、これからの中隊を善導しお守りあれ、と祈る気持ちで次なる行動計画を考えた。

早速《さっそく》、伝令を各小隊の許へ走らせ、中隊の指揮は岩崎が執《と》る。このままでは全滅せんとも限らぬ、今直ちに予定の行動に入る。各小隊長充分に注意し、後に続けと指示を与え、時のたつのを待つ。頃はよく、私を先頭に指揮班長、伝令の三名は、文字通りの匍匐《ほふく》前進で何とか被害を受けることなくグランドを横切り、水濠らしき地点で第一小隊の後続を待つことにした。

ところが我々日本軍のこうした動きを察知した仏印軍の射撃は一層激しくなり、銃眼という銃眼は火を吹き、このままでは犠牲者が増すばかりである。後続隊員が匍匐で城壁の下まで前進するにせよ、縄梯子で塀を乗り越えて陣内に入るにせよ、問題は、城内で城塀の銃眼にへばりついて手榴弾を投じたり射撃を続けている敵を、その場所から駆逐することである。

既に第一小隊は数名の負傷者を除き殆《ほとん》ど全員が、一挙にグランドを横切り城壁下の水濠地点に到達している。第二、第三小隊は、機をみて後に続こうとしているのだろうが、事ここに至ってはそんな悠長なことは許されない。

危険だが第二、三小隊に伝令を走らせ、これから第一小隊が一斉に手榴弾を塀越しに城内に投じ、第二、三小隊の前進を援護する、成功したなら次は直ちに縄梯子などで城内に突入すること、以上の二点を伝えさせた。伝令も第二、三小隊長承知の返事を持ち無事帰還し、ほっとする。

相互の連絡がとれたので、こんな場合の躊躇《ちゅうちょ》は禁物である。大きな声は出せないので、急ぎ口伝えで第二、三小隊の前進を容易ならしめるため、第一小隊全員一箇ずつの手榴弾を塀越し、なるべく内塀近くに投擲せよ、と命令し、その第一投を自分、続いて十数発が効果的に見事炸裂、怯《ひる》む敵を尻目にようやく水濠を渡り城壁を乗り越え、突入への行動を開始することができた。

先ず、水濠だが幅や深さは不明、先程の効果的手榴弾作戦により敵からの投擲の数は滅法《めっぽう》減り、偶《たま》に炸裂する閃光で幅は二メートル弱と判断、幅七十センチ、厚さ二十センチ、長さ三メートル五十センチある持参の渡り板で充分間に合うことを確かめ、指揮班長、伝令、自分の順に乗り終え、続いて伝令が背負ってきた縄梯子を物の見事に城壁にかけ、一番乗りは自分と決意していたので、周りの止めようとする好意に逆らい、グラグラと揺れ動く梯子の調子に合わせながら一段一段と攀《よ》じ登り、遂に成功。援護の手榴弾が一層功を奏し、仏印軍にかなりの犠牲者が出たらしく暫《しば》し沈黙。ここぞとばかりに、各小隊は持参の板と縄梯子で次々と城内に突入し始めたのである。

さて、指揮班長、伝令、そして第一小隊の第一分隊は、先陣として中に入ったが、これからのことを考え、なるべく早く中隊の拠点となる場所を確保しなければならない。自分達が縄梯子を降りた地点は道路で、壁沿いに城内一周できるものであろう。道路の向かい側にある十坪程の建物にした。会議室のようだ。さて次に敵はどこへ移動したのか、むしろ無気味でさえある。

野戦において勝手知らずの地理、地形その他、諸々の外部的条件や環境を把握できないまま戦闘状態に入らざるを得なかったことも数々体験してきたが、今回の如く何も彼も不明だらけの敵兵営での陣内戦、しかも真暗闇の中、瞬時の油断も許されない、とにかくなるべく速やかに一箇所にまとまり、中隊の現状を把握し合い、長としての爾後の行動等についての考えを伝えておく必要がある。

右翼の第二中隊の方は、時折り小銃や手榴弾の炸裂する音がしているが、彼我ともに置かれている戦局の実態を掌握しかね、暗中模索というところか。左第三中隊の方は、城内に入った様子は窺《うかが》えない。一体どうしたのか。

私は至急中隊指揮班長と各小隊長を集め、前川中隊長に代わって中隊の指揮を執ることを改めて伝え、次にいままでの戦死、戦傷者数の報告を受けた後、これからの行動についての基本的計画と厳守すべき事項及び注意すべきことを急ぎ伝え、こうしている間に、この建物ならとりあえずは安全と、調べさせておいた長さ五十メートル、室内の両側に仏印兵のベッドが並ぶ日本の内務班的鉄筋コンクリートの平家兵舎に中隊全員を収容することに成功し、一安堵《と》。こっそり懐中電灯を点もし、時計を見ると午前二時を過ぎている。

緊張の連続だったとはいえ、真逆《まさか》こんな時間になっていようとは、思いもよらぬことだった。そして、連鎖的に浮かんできたことは、あと二時間もすれば夜が明けるということだった。そうなると、ワンウイやネグリエの堡塁が陥落しない限り、われわれ日本軍に的を絞り砲撃を開始しよう、そんなことになっては大変なことになる。

それにつけても、戦闘状態に入ってから既に四時間、聯隊の戦局どころか、相提携して戦闘を進めるべき手近な近隣中隊の様子など全く不明である。

あと二時間、夜が明けるまでの間、敵砲弾などの餌食とならぬよう、できるだけ安全と思われる場所を急ぎ確保し、場合によっては各小隊位に分散することも必要である。また、半面、想定されることは、兵営内に仏印軍が立て籠《こも》っている間は、ネグリエやワンウイ両堡塁からの砲撃はできないだろう。但し、夜が明けて敵味方のいる箇所が判別可能となり、また、無線による連絡もできようから、そのときは危険である。夜が明けるまでのあと一時間、以上の諸々の想定を念頭に、臨機応変、事に当たることとした。

我々の内心望むことは、二千五百名にも及ぶシタデルの仏印軍が、危険を孕《はら》む兵営内での陣内戦を捨て、白旗を掲げ降伏しないまでも、彼等に残されている唯一の安全脱出口である南門から、ネグリエ堡塁なりワンウイ堡塁なり、何《いず》れかの安全地帯に撤退乃至《ないし》は移動をしてくれることである。尚、そのことは夜の明ける前であってほしいことである。

（大隊の戦闘計画では、当方兵力も少ないことではあるし、場合によっては、この方途もやむなし、そうなったとしても決して深追いは禁ず。——ということになっていたように記憶する）

幸い、いま中隊指揮班と第一小隊が潜んでいる兵舎の南側に同様の兵舎があり、そこに第二、三小隊を移動させ、できるだけ室一杯に各自分散することとした。

ところで、一体、兵営内の仏印軍はどうなっているのか、これからどうしようと考えているのか、ときたま、思い出したように手榴弾、機関銃、小銃の音が、あるいは近く、時には遠くで鳴り響いている。我々の潜んでいる建物にも、ひっきりなしに小銃弾が飛んでくるところをみると、我々の居場所を暗闇ながらもわかっているのだろうか。隣接中隊の様子も、大隊本部の位置も不明である。

第十中隊によるドンダン、第八中隊によるカオバンの戦況は今のところ関係はないが、第九中隊によるキールワ兵営、第七中隊によるワンウイ堡塁、第十一中隊によるネグリエ堡塁などの戦況は、シタデル兵営攻撃隊の第一大隊にとっては、それ如何が関係してくるのである。成功を祈らずにはいられない。

夜が明けるのを、ただじーっと我慢して待っているのも能のない話し、一体、この周辺はどうなっているのか、これからのこと、急に事情が変わったときのこと、そうしたことのため知っておく必要があり、伝令他二、三の兵員を連れ、暗闇の中を静かに手さぐりで歩く。

兵営に突入したころはまったくの闇夜だったが、今は星空に変わり、夜目にもだいぶ馴れたのか、物の輪郭は判断できるようになっていた。南門の方角には二階建の大きな建物が浮かんでみえるほかは、大小の差はあるが、そのほとんどは平家建のようである。もちろん電灯の点もっているものはなく、また、どの建物に仏印軍がいるのか、全く不明だが、少しずつ慎重に前に進むにつれ、兵営らしき建物三棟置いた先での敵の騒《ざわ》めきがはっきり聞こえ、更に耳を澄ますと、その左右周辺でも多人数による騒めきがあり、私並みの勝手な想像だが、何となく敵は浮足《うきあし》立っているように感じられ、何か変化の起きる前兆かとも思われた。

ところで、敵はどうして攻めようとしないのだろうか。日本軍は、もともと兵力、装備ともに低く、その上、兵営内の勝手も分らないという不利な条件下にあることを充分知っていよう。突入時に犠牲も出ている。では、なぜ？　疑問が湧く。

勝手な想像だが、真暗闇の中、或いは限られた広さの兵営内の陣内戦となると、勇敢で経験豊かな日本軍には適《かな》わない、無理することはない、仕掛けて来ない限りじーっと我慢をし続け、足許のみえる明るさの黎明を期し、徐々に南門から安全地帯に移動する。そんな考えではなかろうか等、手前勝手に判断したものである。

改めて時間を確かめたところ、早いもので午前四時を過ぎている。思い出したようにどこの堡塁からか、砲弾の炸裂音が静かさを破って響き渡る。距離は大分《だいぶ》離れている。

大隊本部や近隣中隊との連絡もとれないので、勝手な行動は慎み、隊員一同をより安全な態勢に置き、いつでも臨戦に応じられるよう心し、窓という窓には監視兵、六箇所の入口は分隊長が責任を持って警護した。

暫《しばら》くは何の変化もなく、その状態が続き、いざに備えて兵器装具の点検をしていたその時である。城内南門方向で「ブルン、ブルン」という重いエンジンの音がし出し、それも二台か三台のようである。

直ちに指揮班長、各小隊長を集め、戦車が動き出したこと、この戦車は第一次欧州大戦の遺物で重量八トン、時速十キロ、火砲一門、重機一丁を装備しているが、動作が鈍く恐るるに足らず、各隊火焰瓶攻撃が出来るよう準備しておくこと、戦車が動き出した意図は、戦車で我が軍を撹乱《かくらん》牽制している間に、友軍主力をシタデル兵営南門からいずれかに移動させるためと見る。ほかに牽制は砲撃による方法もあったろうが、まかりまちがえば味方を巻添えにする危険性もあり、敢《あ》えて戦車によることにしたものと想定する。

もしこの想定の通りであるとすれば、我々の考えた筋書通りであり、要《い》らざることはなるべく避け、最大の効果を納め得るならこれに越したことはない。以上のような内容について急ぎ解説をし、一層警戒を厳にし、攻撃班の編成と火焰瓶の点検を確認する等の準備を急がせた。

さて戦車が、この建物内にいる我々を襲うとすれば、どこをどう通ってくるのか限界もあろうし、我々のいる建物は鉄筋コンクリート造りの頑丈な平家建の兵舎なので、貧弱な火砲では効果はない、だから近づいて入口から撃つ、敵はそう考えて行動に出る、と私は見た。入口は通路の関係からも西口を選ぶと考えられる。

攻撃は長いことはあるまい、火砲や機銃弾を撃ち込んで、我々を攪乱し、一応の目的を達成すれば、他の戦車と必ず合流し、撤退部隊の後尾を守りながら安全地帯に移動するだろう。戦車が自由に走れる道路といえば、東―西、南―北の城内幹線道路二本だけ、あとはジープの如き小型車が辛うじて通れる細い道路のみ、問題は撃ち込まれる前に、何らかの措置を講じなければならない。

辺りはすっかり明るくなり、我々第四中隊が昨夜突入以来、戦略上秘かに潜んでいた兵舎の回りを改めて確かめてみたところ、ここと同じような建物が数棟併立し、間隔は十メートルほどはあるが、相当古いアカシアの木が並木みたいに茂り、空いているところには庭石を置いた花壇が設けられ、ところどころには小さな人造池などがあり、敵戦車も迂闊な行動は出来そうにない。

どこをどう通りぬけて、ここに近づこうとしているのか、ブルーン、ブルーンの音が次第に大きくなってきた。予め《あらかじ》編成し、攻撃に際しての訓練も仏印到着以来継続しているので、あとは実践あるのみ、但し中国での戦いでは対戦車戦の経験は一度も無いが、自分はじめ攻撃班はもちろんのこと、二つの兵舎に潜む中隊全員が、今か今かと、固唾《かたず》を呑んで待ち構えている……。

建物と建物の間を選んで、我々に近づこうとする敵戦車も、思うように進めないのか、暫くすると逆戻りし、南門の方向に急ぎ向かっているようにうかがえた。

これは一体どうしたことかと思っていたのも束の間、多分第十一中隊が攻撃しているはずのネグリエ堡塁からのものと思われる砲弾が、我々のいる位置から二中隊が苦戦している東門、それに十日未明に入ったのかどうか不明であるが、第三中隊突入予定の位置を結ぶ線から北地帯に落下（第二中隊長阿部大尉がこのとき重傷を負った、とあとになって聞いた）。当中隊は堅固な兵舎内にいて殆ど犠牲者は無かった。

今、気がついたのだが、我々日本軍に対する砲撃があるので、二台の戦車は南門方向に戻ったのだとするならば、砲弾が止んだ途端、必ず今一度戦車が、場合によっては戦歴を誇る仏軍の勇敢な気風を受け継いだシタデル歩兵隊が一挙に白兵戦に出てくるか、今こそ決戦の時が来たことを痛感し、このことを小隊長を通じ中隊全員に伝えさせ、第一案戦車、第二案歩兵隊と読むか、どちらの場合でも、臨機応変、直ちに対処でき得る準備をしておくよう、急ぎ指示をした。

果たせるかな、午前九・〇〇分ピタリ、砲弾が鳴りやんだと思った瞬間、南門に戻ったはずの戦車が、再び我が方に向かって行動を開始した模様である。

戦車攻撃隊は再び配備につき、いつでも攻撃可能の態勢を整えていた。敵の考え、戦車による日本軍攪乱戦法が成功した暁には、直ちに彼の勇敢なるシタデル歩兵隊が我々に襲いかかるであろうことは、容易に想定されるところである。

7

岩崎少尉の記述のつづき。

——自分と中隊指揮班、それに第一小隊がいる兵舎の東入口で見張っていた監視兵が、「隊長殿！　敵戦車二台こちらに向かって前進しています。距離約百五十メートル」と叫んで、戸口から中に入った瞬間、バリ、バリッと重機を乱射、その数発が我々のいる兵舎にあたったが、コンクリートと煉瓦の建物なので、窓ガラス数枚が飛んだ程度であり、仮りに装備している火砲を水平射撃で、今の戦車の位置から撃ったとしても、戸口や窓から直撃弾を見舞われない限り心配はなさそうである。

もう一台の方は地の利が悪いのか、思うように進めない様子《ようす》、でも次第に距離が縮まり五十メートルとなる。向こう様も行動が思う様にならないので、焦《あせ》っているのだろう、当方からはなんの抵抗もしないものだから安心してか、なお少しずつ前に進み、驚いたことに建物の東戸口前に横づけにし、砲塔も半開きの戸口に向けようと努力しているが、ふだん入ったこともない兵舎と兵舎の間の狭くて起伏の激しい空き地の上であり、その上視界が悪いものだから、運転する戦車兵も、うっかり物に突き当たったり、凹地に落ち込んだりしたら、それこそ大変である。

動作が鈍く、これなら火焔瓶攻撃もやり易い。距離はどうみても二十メートルもない。いまやらなければ、いいチャンスはそうあるものではない。幸い戦車の後ろには人影がない。中は乗員三名だけ。

「よし今だ！」

自分の合図で、三名がそれぞれ戦車に向け点火した火焔瓶を投げつけた。一本はキャタピラのところで見事破裂、他の二本は近くの通路で燃えている。乗車兵はこれを察知したのか、やたらと重機を乱射、他の一台も同様、狙いも定めず目茶苦茶に撃ち続けているが、当方の被害全くなし。

敵もそうなら、こちらもと、戦車との死角を充分利用し、至近の距離から両戦車に三本ずつ、更に手榴弾を五ヶずつ投げつけ、その爆発音で、さも当方にも火砲がある如くみせかけたものである。

さて、幸いにも火焔瓶一本が天蓋前の平たいところで破裂し、直ぐ横の吸気孔から、あっというまに焔が吸い込まれ、乗車兵にしてみれば危機一髪、大変な事態なのである。戦車同士無線連絡がとれたのか、また吸気孔からの焔は大事に至らなかったのか、火砲、重機をこちらに向けて滅多撃ちしながら急いで向きを変え、南門方向に敗走（？）していったのである。時計は十時三十分を指している。

漸《よう》く大隊本部から指示が来て、現在地に止まっているよう、もちろん充分に監視をつづけながらということである。こんなことで、些《いささ》か心の余裕が出来、いつまでも兵舎内で仏印軍と睨《にら》めっこの膠着《こうちゃく》状態をつづけているが、一体これでよいのか、シタデル兵営内の仏印軍は今後どう出てくるか等、自分なりに推定してみた。

⑴他地区における仏印軍の情勢如何では、我々との決戦は避ける。といって、少なくも一千名以上の兵員を夜間ならともかく、今となっては安全地帯へ移動困難、場合によっては策略的に白旗を掲げることもあり得ると考えられる。

⑵戦車による攻撃は、もう無いとみる。

⑶ワンウイ、ネグリエ等の堡塁の戦況は未だ不明だが、シタデル兵営内における彼我の面積占有率はちょうど半々で、敵味方入りまじって対峙しており、日本軍に対してだけの砲撃は難しく、まかり間違えば大変なことになりかねない。従って堡塁からの砲撃は先ず無いとみる。

⑷それに北門方面から南門に向かっての左隅には、二階建の立派で大きな病院があり、従来からの入院患者はもちろんのこと、この戦闘での負傷者、医者、看護婦、雑役婦などの非戦闘員が相当数いるはずである。このことからも、シタデル兵営を目標とする砲撃は先ずあ

り得ないと思われる。

以上のようなことを考えていたら、ちょうど十三時〇〇分、友軍の飛行機が飛来し、第七中隊（長・福田大尉）が昨夜来攻撃中のワンウイ堡塁に銃爆撃を加え、その時点では沈黙せず、あいかわらずシタデル兵営以外の日本軍に対し、やや単発的に撃ち続けていたが、遂に十五時三十分、白旗を掲げ、潔く降伏するに至ったのである。

ワンウイ堡塁の降伏の十日、ネグリエ堡塁も十六時〇〇分に投降している。

この、両堡塁降伏の前後のことだが、依然として日本軍と対峙していたはずのシタデル兵営の仏印軍は、兵営から西へ逐次逃走を開始、第一大隊は、これを追撃することなく、シタデル兵営内の戦後処理を急ぎ、つぎの行動について別命を待つことになった。


シタデル兵営降伏後の経過のさまざまの事情については、やはり、岩崎少尉の記述を借りて説明することになる。

——我々第四中隊には戦後処理の傍《かたわ》ら、前述した兵営内、東南隅にある陸軍病院の安全管理を図るよう改めて命令を受けたのである。安全管理を図るよう、とはいっても、いいかえれば接収である。南下作戦で薬品など殆ど使い果たした当部隊にしてみれば、それだけでも喉から手の出る程入用な貴重品である。国際ルールに従って慎重に事を処すべき面倒な施設なのである。

詳しいことは忘れたが、病院の玄関前で病院長（階級は、多分仏軍軍医少佐だったと思う）と会い、お互い片言の英語で「日本軍は、本病院の安全を守ることを約束する。手段としては、病院の回りに歩哨を立て、病院関係者以外は、病院長の許可なくしては絶対に中に入れない。また、病院側として何か意見や希望のある場合は、遠慮なく病院長から私に申し出ること。できる限り便利を図る考えである」

以上の言に対し病院長は大変喜び、私の手を強く握り、「メルシー・ボクー・リューテナント・イワサキ」を連発、更に薬品の必要な場合はどうぞ、の意を与えてくれた。時にあたりは暗く、概《おおむ》ね午後七時頃になっていたと記憶する。

この夜（十日）は、以上のこともあり、責任の上からも我が第四中隊の仮宿舎は、この病院の直ぐ横の仏軍兵舎一棟に武装のままで雑魚寝《ざこね》し、厳重な監視を続けたのである。小生この夜、四十度の発熱でダウンとなる。

かくして、三月十日夕刻までにランソン地区の戦闘は終わり、脱出したものを除いて、その他の仏印軍は降伏した。一応戦いは沈静に帰したが、ランソンの内外はなお騒然とし、戦闘のあった場所には仏印軍の兵器、弾薬などが諸方に散乱し、特にシタデル兵営の一ヵ所には、二百五十名もの仏人幹部が捕虜として屯《たむろ》し、なんとなく不気味な気配を孕《はら》んでいるかのように思われた。

翌十一日、第一大隊長小寺少佐には朝九時頃、第七中隊長福田大尉には同日午前十一時頃、それぞれが有しているフランス人捕虜を全員処断すべし、との聯隊長命令が伝達されたが、これに対し大隊長とともに処断実行の立場に立たされた第四中隊長伊牟田中尉及び前記福田大尉は、軍法会議にもかけず確たる理由もなく捕虜を処断することは絶対とるべきにあらず、と再三に亘り直接聯隊長に意見を具申したが、遂に容《い》れられず敢えて実行するのやむなきに至り、後に多くの悲劇を生む結果となる。

明号作戦第一期間（20・3・9〜11）は、大成功のうちに終わり、当聯隊は中国大陸戦陣七ヶ年に培った戦歴の底力を遺憾なく発揮したが、この三日間で多くの犠牲者を出すに至った。参考までに師団内聯隊の中では当聯隊の犠牲は甚《はなは》だしく多く、鎮目聯隊長の胸中察するに余りあるものがあります。

歩二二五聯隊戦死者　百八名

歩二二六　〃　三十七名

歩二二七　〃　三十三名

山砲三七　〃　四名

工兵三七　〃　五名

輜重三七　〃　二十名

師団合計　百八十九名　他に戦傷者五百名

我が二二五聯隊は百八名と師団全部の約六十%を占めている。このことはランソン・シタデル兵営等々、他聯隊に比し如何に重要な攻撃目標ばかりであったかを、よく物語る一つの証左でもあろう。

8

ランソン要塞群攻略戦では、シタデル兵営西方に位置する、ネグリエ堡塁、ワンウイ堡塁からの砲撃が、日本軍を苦しめ、死傷を重ねさせている。この両堡塁を陥落させることによって、ランソン地区の平定が成ったのだが、この両堡塁は、ランソン全域が俯瞰できる高地にあり、備砲はみなランソン攻撃隊の駐屯地に照準されていた。

「もし、われわれがワンウイ堡塁を占領できないときは、他の堡塁が陥ちても勝利はない。わが隊は、たとえ一兵となるとも、これを占領する」

右は、第七中隊長、福田大尉の九日夜の悲壮な決意の披露である。

ポエリー少佐以下約三百五十名が、重砲四門、重軽機五十を配する頑丈なビルのような要塞ワンウイ堡塁への魁《さきがけ》となる藤村中隊長指揮する小林工兵小隊長らは、福田大尉の決意を胸に、ワンウイ堡塁攻略に挺身している。

この攻略戦の模様については、小林工兵小隊長の『ワンウイ堡塁肉迫攻撃を回想して』

(工兵第三十七聯隊小史)と題する記述に拠りたい。

——三月九日の夜は、兵舎を出て橋を渡り、北砲台の北を西へ回り、ワンウイ堡塁に向かったが、梯子や爆薬を担いでの前進に時間がかかり、途中で、ランソン市街内の銃・砲声を聞いた。それに続いてネグリエ・ワンウイ堡塁が火砲、重火器の物凄い射撃を開始した。大変なことになったと思いながら、手探り前進を続けていると、どうもわれわれの接近を発見したわけでもなく、暗闇の盲撃ちであるように思われ、ホッとした。

やっとワンウイ堡塁の西南側百メートル付近に接近して、一息ついた。福田第七中隊長が小声で「こちらもぼつぼつやるか」と周りに呟《つぶや》いた。まず歩兵の重機が、火を噴く西南角の銃眼射撃を開始し、曳光弾が、銃眼内に吸い込まれるのが、はっきりと見えた。時刻は、もう二四〇〇近くになっていたようである。

銃眼の一つが射撃を止めたとき、まっさきに駈け出したのは、工兵の梯子班で、梯子を担いで西南角のすぐ右の塁壁に近づいて梯子を立て掛け、次いで爆破班(班長・第一分隊長武田利夫伍長)が近づいて、梯子を登った。第一回目は、小野寺幸二郎上等兵であったが、堡塁から落ちて失敗、第二回目は、川上宗建上等兵で、破壊筒を、うまく銃眼に投げ込み、大音響とともに爆発した。

工兵は「成功」と叫び、歩兵は「やった、やった、それ行け」と駈けよって梯子を登り、堡塁西南角「トーチカ」に突入占領した。自分も部下を率いて屋上に登ったが、この時刻は、はっきりしない。

われわれは西南角の「トーチカ」内に入り、他の三個の「トーチカ」と、三～四十メートルほどをへだてて睨み合っていた。堡塁内の仏印軍には、どうにも手のつけようがなかった。

夜が明けて十日の朝になった。このとき西南角にいたのは、歩兵が十数名ほどで、工兵が、自分や武田伍長など約十名ほどであった。東南角の「トーチカ」内で、重機を射撃している色の黒い外人兵を見付け、工兵がガソリンを詰めた火焔瓶を投げつけたが、まだ射撃を続けているので、歩兵が手榴弾を投げつけた。

ところが、その黒人兵は、白い煙を吹き、ころころと転がった手榴弾をつかんで、逆にこちらへ投げ返した。自分は「伏せろ」とどなり兵が伏せたとき、手榴弾が爆発して、自分ほか数名が負傷、自分は、右脛に数個の破片を受け、今でもまだ二、三個残っている。

日ごろから「白人は殺しても、安南兵は殺すな」といわれていた。「トーチカ」から負傷した白人兵が這い出してきて「水をくれ」と助けを求めたので、これを捕え、元の「トーチカ」に向かって「投降せよ」と呼びかけさせた。我々も「レンライ　レンライ」（ヴェトナム語で、来い来いという意味だったらしい）と呼びかけると、安南兵が、ぽつぽつ投降してきた。

このころ、下の方で「ラッパ」の音が聞こえてきたが、あとできいてみると休戦ラッパらしい。夜が明けてからは、あまり激しい射撃や、戦闘はなかったように思う。そのうち、仏印軍が、白旗をかかげて戦いは終わった。

この攻撃戦の時、爆破班長であった武田利夫伍長は、手記『回想・ワンウイの爆破班』の中で、つぎのように述べている。

「攻撃命令を受けて、堡塁の裏（南）から小林小隊長が直接指揮した攻撃班（破壊班）と、爆破班は二手に分かれて肉迫攻撃を行なった。

武田分隊は、銃眼爆破が成功して一応トーチカの一個を占領することができた。別のトーチカからの銃・砲撃で小林小隊長が指揮した分隊は、進出することができなかった。銃撃の合い間を縫ってようやく合流することができて、砲台の裏から歩兵の一個小隊と共に前進、小林小隊長は部下五名と共に砲台に近接途中に敵の手榴弾で負傷した。

そこで、武田分隊五名は、歩兵の支援射撃を受けて、どうにか砲台（堡塁中央の主砲台）に達した。爆薬を投入したのが〇三〇〇頃であった。主砲台内の守備兵もろとも爆破粉砕に成功した。

続いて、砲台の階下にあった地下壕兵舎にも、残りの爆薬をしかけ爆破した。この轟音に驚いてか、仏軍将校二名が手を挙げて降伏を申し出てきた。幸い、分隊から犠牲者を出すことなく任務を果たすことができた」

ワンウイ攻撃については、隊長福田大尉の獄中の手記も遺《のこ》っている。福田義夫大尉は、仏軍捕虜処刑の責任を問われ、サイゴン刑務所で昭和二十六年に死去している。文脈に血涙がこもっている。

――総攻撃の夜は遂に来た。ほんのわずかばかりの薄明りの暗闇を通して、さながら屹立《きつりつ》する巨艦の如き要塞は、不気味に天空に浮き上がって見える。

九日夜十時過ぎごろか。巨艦は遂に沈黙を破った。巨体の数門の要塞重砲は、突如暗闇の山気をつき裂いて、猛然と火を吐いた。零距離射撃は開始され、雷の如き轟然たる威力は、地軸を揺るがした。わが攻撃部隊は、猛火の下に慴伏《しょうふく》させられた。

数時間に及ぶ決死の攻撃も、失敗を繰り返すのみで、戦線は膠着し、為すに術なく、時は刻々と過ぎ夜は更けてゆく。全滅を期しても、石に噛じりついても、夜明けまでには、堡塁の絶壁をよじ登り、その一角を奪取せねばならない。

かくて、最後の決死隊（藤本正人准尉の指揮する第三小隊で約三十名）は突進した。工兵小隊の銃眼閉塞隊は、爆薬を抱いて前進した。約八メートルにも及ぶ梯子を、堡塁突角「トーチカ」の絶壁に掛け、銃砲火を冒し、斃《たお》れた戦友の屍を乗り越え、最後の突撃は開始された。かくて、奇蹟的に、遂に堡塁の一角を奪取することができた。時まさに十日、午前二時三十分ごろであった。藤本准尉以下の涙ぐましい奮戦の賜であった。

但し、堡塁の一角を奪取しただけで、更に激戦は続行された。仏印軍は、他のトーチカ、地下作戦室の銃眼より射撃、手榴弾をもって反撃し、この戦闘は一昼夜つづいた。この間、歴戦の勇士石川七郎軍曹（第一小隊第一分隊長）は単身火を噴く砲門より砲塔に突入し、停滞していた戦闘を打開するなど、崇高なる奮戦には頭の下がる思いであった。

そして夕刻、最後の総攻撃は開始された。濛々《もうもう》たる煙幕の彼方に白旗が上がった。かくして一昼夜にわたる死闘は、ここに一段落を告げた。

ネグリエ堡塁は、ワンウイ堡塁と同様、丘の上に構築された要塞である。兵員約一五〇名が、ベトン製トーチカを四隅に設けていた。

攻撃隊は、歩兵第二二五聯隊第十一中隊長中山政孝大尉の一個中隊と、工兵第三十七聯隊第三中隊第三小隊長河野金三郎少尉の一個小隊である。

以下、河野小隊長の『ネグリエ攻撃の回想』なる手記によって、戦闘事情をさぐってみたいと思う。

――山砲支援のうちに、堡塁の北側から西北角のトーチカに接近した。地雷があり、鉄条網と壕があって、トーチカの銃砲火で突入できない。

中山隊長の要請を受け、計画通り先ず鉄条網の破壊班が急造破壊筒に点火、挿入したが、爆薬が粗悪のため、両端を残して不完全爆破に終わった。続いて鋏断に踏みきった。トーチカからの銃撃の間隙をついての作業は、二時間くらいかかった。

突撃路が開設され、歩・工一斉にトーチカに達した。一階のトーチカは爆破手の活躍で制圧できたが、二階のトーチカが依然熾烈な射撃を続け、手榴弾を投下しはじめた。

山砲が二階トーチカに零距離砲撃を加えたが、銃眼の鉄扉を閉ざして沈黙せず、再び猛射を浴びせ、突入ができない。

中山隊長から、再び銃眼爆破の要請を受け、爆破班が柄付爆薬で銃眼に接近した。尾垣武久上等兵が爆破手で、火を噴く銃眼の下まで攀《よ》じて、点火、挿入——撃然たる爆破、これで怨《うら》みのトーチカは完全に制圧された。

しかし、残念なことに直後、尾垣上等兵は、トーチカから落下して、守備兵の投げた手榴弾で壮烈な戦死を遂げた。

攻撃開始から相当な時間が過ぎた。

尾垣上等兵の決死の爆破で、敵は動揺しはじめたようである。

中山中隊は、この機に突入を試みたが、残りのトーチカがわが方に銃口を向けて激しい射撃が止まない。突入の機をとらえることなく、暁明を迎えようとしている。

天明後の損害を避けるため、ここでひとまず間をとることを考えたのであろう。第十一中隊を西へ、河野小隊を北へ、攻撃発起点まで後退させた。

夜が明けて、堡塁からの銃・砲火も幾分下火になったが、二〜三十メートルの距離をおいたまま、戦闘は膠着状態になっていた。

再攻撃に備えて対陣のままで、太陽は冲天に達していた。

十日一六〇〇ごろ、ネグリエ堡塁は、白旗を掲げて投降した。

第十一中隊には一名の損害もなく、堅塁を誇ったネグリエ堡塁は、尾垣上等兵の肉迫爆破によって占領された。

このような頑強な堡塁に対しては、山砲程度の火力では効果がなく、結果は工兵の爆破に頼るよりほかはなかったようである。

このあと、ドンダンの成合小隊が苦戦しているとの報をうけ、救援に赴くよう藤村中隊長に上申したが、戦死者、負傷者の収容と、ランソン地区の残された掃討の任務もあり、受け入れられなかった。

3　ハジャン要塞攻略戦

1

第三十七師団歩兵第二二六聯隊長岡村文人大佐は、昭和二十年二月初め、本部をコーロに置き、第一大隊をコーロに、第二大隊をハジャンに、第三大隊をラムに配置して警備に就いていた。

三月九日の武力発動で、各大隊は攻撃計画に基づき、仏印軍と激戦を交じえることになったが、ここではハジャン要塞攻撃に活躍した第二大隊（師団直轄・澤野支隊）各隊の行動に触れたい。はじめに、第二大隊の編成表を左に記す。

長・澤野源六少佐（第二大隊長）

第二大隊本部　副官・川上信義中尉

第五中隊　長・石野光三中尉

第六中隊　長・古川信一中尉
第七中隊　長・山下重夫中尉
第八中隊　長・濱田俊晴中尉
第二機関銃中隊　長・今津順吉大尉
工兵第三七聯隊第一中隊第一小隊　長・桑本百合雄少尉以下二十四名
山砲第三七聯隊第四中隊　長・鯵坂弥隆中尉
三七患収隊の一部
航空無線一個分隊
輜重兵第三七聯隊自動車一個分隊（三両）
　兵力合計　人員　約六百五十名
　　山砲二門・大隊砲二門

ハジャン進入前後の事情については『今津隊大陸縦断』（大山宏編）があり、内容がなかなか変化に富んでいるので、この資料を味わいながら記述を進めたい。

中隊は一月二十五日に鎮南関を越え、仏印に一歩足を踏み入れる。道路は舗装され、家の瓦は色とりどり、緑の樹木、見下ろすドンダンの街の美しかったこと。夜は、ネオンの色が華やかに輝く。

中隊は、ドンダン、ランソンの要塞の威容を見ながら、ハジャンに向けて進むが〔これは大変だぞ〕という思いがする。二月下旬、ハジャンの街より四キロ手前の山中にニッパ小屋の兵舎に数日を過ごし、ハジャン進入の時機を待つ。

三月初め、砲を分解、トラックに積み、分隊長以下全員トラックに坐り、頭からシートを掛けて、外からは荷物のトラックのように見せかけて、ハジャン西の南分哨を通過する。

街の中の小学校の兵舎に到着する。翌日、校庭の南隅にニッパ小屋をつくり、中に大隊砲を据え、二分隊はホテル内に砲座を設置した。攻撃前日までは、ホテル内に起居した。

ハジャンにおける中隊の宿舎は、仏印軍の要塞砲が、丘の上から距離八百メートルで見下ろすことのできる平地の集落外れにあった。これは、現地仏印軍からあてがわれた場所である。

位置関係からいえば、日本軍は完全に、仏印軍の制圧下にあった。また、兵力、設備からみても、先方が、はるかに有利な態勢下に、三月九日を迎えたのである。

大陸縦断行で、ぼろぼろになった軍服、中には、うす汚れた便衣を着ている各部隊の姿は、彼らには異様にうつり、くみし易しと感じられたかもしれない。

しかし、この服装は、企図を秘匿して、敵情や地形を偵察するには好都合だった。三々五々、鍬《くわ》をかつぎ、もっこをにない、自分自済の戦闘予定地まで行って見た。夜間行動が迅速にできるように、地形を完全に覚えた。

機関銃の各分隊は、予定陣地で、それぞれの配属される小銃隊の幹部とともに、射撃目標を確認し、距離を測定し、宿舎からの搬入経路、所要時間を綿密に調べておいた。大隊砲は曲射弾道であるから、実のところ、砲眼射撃には不向きである。でも初発、命中させねばならない。瞬時の差、先方から発射されれば、こちらは、ふっとんでしまう。

当時、小隊長（桑本少尉）は、昭和十九年徴集の初年兵を引率して、中国の湖南省付近を、前進中であった。留守をあずかる先任下士官の与那嶺軍曹、川越第一、伊知地第二分隊長の気苦労は、たいへんなものだった。砲、器材の点検、警備、それに分隊員相互の緊密な人間関係への配慮等。

この当時、仏印軍と日本軍とは、交戦状態になる以前、わずかな友好気分を持ちながら、すくみ合っている、という関係だった。いずれは戦闘になる。それならこちらから敵を攻めたい、と、澤野大隊長は考え、奇策を案じ出している。奇策というか謀計というか。

澤野少佐は、仏印軍現地司令官のムレー少佐以下の幹部将校を、一挙に生け捕りにしようとの計画を立てた。

そこで、ムレー少佐に対し、警備地区が変更されたので、お別れの挨拶に、一席設けたいから、幹部一同、三月九日夜、日本軍宿舎にお出で下されたし、との招待状を出したのである。

どちらが機先を制するかの緊迫の度のたかまっている時である。ムレー軍司令官にしても、油断するはずはない。「宴会の場所は当方で準備しましょう、どうぞ、各隊長ご同伴ご出席下さい」と、逆に招待して来たのである。

そこで、澤野大隊長、川上副官、各中隊長は、そろって、しかし、約束の時間より少しおくれて、ムレー少佐の宿舎を訪問したのである。宴会がはじまる。

しばらくして、ムレー少佐は、澤野大隊長が姿を消しているのに気づいた。それにどの日本軍将校も、応待がぎこちない。殊《こと》に下半身と、日本刀のたずさえ方が妙である。

それはその筈《はず》である。先方に提出してある名簿記載の各隊長は、それぞれ宿舎にいて、戦闘配置につくための、最終命令を発している時刻である。

現場にいるのは、将校は川上副官だけ、後は各中隊選りぬき、斬り込み得意の古参下士官であった。ズボンのポケットには、数発の手榴弾をしのばせている。

「3・3・3」（外交交渉で、わが方の要求を受諾）か「7・7・7」（拒絶による武力発動）か、無線傍受を待って初動等と、悠長なことは、現場では通用しない。

もう、瞬時も猶予できない。一斉に抜刀し拳銃をつきつけ、生け捕りにした。隙をみて階段を登って二階に逃げようとした者には、手榴弾を投げつけて制した。ムレー少佐は、うまく二階に駈け込んだが、ムレー少佐を降服させるのにはまだ時間と手数がかかることになった。

この時、川上副官は目に重傷を受けたが、他には、けが人はいなかった。

かくして、仏印軍は、指揮機能を失ってしまった。この斬り込みには、中隊の溝口義夫曹長と、襲山重俊曹長とが参加し、偉勲をたてた。

2

ここで少しフランスについて触れておくと、フランスはこの当時ハノイに総督府を置き、各地に駐屯軍を配備していた。中越国境には、ランソン、ドンダンに頑強な要塞を築き、北の砦としている。

フランスにとっては、東の印度支那《インドシナ》半島とアフリカのアルジェリアが重要な植民地で、いずれにも、自称「世界で最も勇敢なる部隊」、と誇示する外人部隊が派遣されていた。

こうした植民地政策のなかで、安南人の独立意欲は静かに血の中に秘められていた。

この独立への血を濃厚にしたのが、日露戦争の結果であった。

小さな島国の日本が大国ロシアを破った。トンキン湾の港カムランで補給を受けたバルチック艦隊が、日本海に沈んだと聞いたとき、安南人は狂気して日本の勝利を祝った。元来、ロシアとフランスは盟友国である。

そして、日本への留学生派遣がはじまった。

——この、昭和二十年当時、独立を望む二つの勢力があった。ユエに本拠をもつ南越の末流バオダイ帝と、独立運動で追放されソ聯に逃げ、中国から香港を経て北部仏印の山中に拠点をつくり、独立革命の蜂起を図っていたホ・チーミンとその一党である。「ベトミン」軍として、その後対仏戦で勝利、独立国ベトナム人民共和国を創建したホ・チーミンは、第三十七師団の戦域に在りながら、何故か静謐《せいひつ》を保っていた。「あの敗残兵のような青三角の日本軍は、どのような戦闘で仏印軍に立ちむかうか、よくみておこう」という観察であったのであろう。いずれは仏軍に挑まねばならない将来を予測していた。やがて、ベトミン軍とフランス軍の戦闘は、兵器の差を奇襲、速攻に徹して戦った。ホ・チーミンは青三角の戦術に倣《なら》って、フランス軍を追いおとしたのである。

ホ・チーミンの動きが活発になるのは、師団が南下したあと、第二十二師団が進駐して、インドシナ山脈へ兵を進めた頃からになる。

仏印北西部に位置するハジャンは、師団が受け持つランソン——ルージュ河畔——ハイフォンの幹線から遠く、僻遠の地で、クレール河の渓谷が深く刳《えぐ》る山間台地の町である。中国との国境を扼《やく》する重要な戦略拠点で、仏印軍はここに軍政を布き、ムレー少佐が、省知事と守備隊司令官を兼ねていた。

要塞は、小高い丘陵の頂に砲台を築き、七五ミリカノン砲を装備、四周にトーチカ六を配して鉄筋の城壁で囲まれた一個の城塞であった。ここに約一個大隊七百名が、砲二門を備えて守備していた。

ハジャン要塞攻略については、工兵三十七聯隊第一中隊第一小隊長桑本百合雄少尉の『ハジャン要塞攻略戦記』があるので、引用したい。ハジャン攻略戦は、他要塞の攻撃戦よりも、いちだんと工兵隊の活動に負うところが大きかった。この手記は詳細をきわめている。

――僻遠の地とはいいながら、中国大陸を南下した当時の困難と危険からは解放され、まがりなりにも食と住が安定し、一地に駐留出来ることが夢のようであり、将兵一同束の間の平安を貪《むさぼ》った。

進駐の目的は、「仏印軍と協力して国境を犯して進攻してくる中国軍から仏領印度支那を防衛するためである」と聞かされているが、今まで戦ってきた中国軍に仏印に進攻する余力があるのであろうか。額面通り信頼してよいのであろうか。それにしては具体的な協力のやり方についての命令や指示がないのはどうしてだろうか。等々考えると、解けぬ謎が深まるばかりであった。

そのうちに、私自身体調を崩してしまった。大隊本部の軍医殿に診察を受けたが、原因は不明であり、回虫の仕業ではないかと心配した当番兵（竹下勝一等兵）が、ざくろとかせんだん等の根や皮を煎じて飲ませてくれたが、なかなか恢復《かいふく》しなかった。

ハジャンに進駐して一ヵ月近くが過ぎた二月の下旬頃、澤野支隊長は、隷下の中隊長及び配属諸隊長を集めて、次のように支隊の任務と企図を明示し、事前準備の開始を指示された。

支隊の任務は「ハジャン要塞守備部隊の武装解除」であり、その手段として「武力によりハジャン要塞を攻撃占領して守備部隊を降伏させる」ことであり、攻撃の日時は別に示すとのことであった。

進駐以来月日が経過するに従い、将兵一同うすうす予感していたことではあったが、支隊長の口から直接承《うけたまわ》るまでは疑心暗鬼であった。その場で攻撃計画の大綱が説明され、各隊はそれぞれの持場に応じ、隠密裡に事前準備を開始することとなった。

工兵隊の主任務は、要塞攻撃における歩兵の攻撃進路の開拓であり、主として城門とトーチカの肉薄攻撃である。大変な役目であり、責任重大であると考えた。

この頃、小隊長の体調は、だんだん復調しており幸いであった。分隊長と所要の古年兵を選抜して、意図を示し、駆け足訓練を装うて、要塞への接近経路と要塞の構造、就中《なかんずく》、トーチカの位置、構造、大きさ等の偵察を敵に察知されないように、繰返し繰返し実施した。

しかしながら、要塞に余り接近はできず、また、立ちどまると敵に怪しまれるので、遠くから動きながら望見するよりほかに方法はなく、満足のゆく偵察はできなかったが、その結果、大略つぎのような事柄を把握することができた。

即《すなわ》ち、要塞は東西（南北方向は偵察不能）約五百メートル位の長さの岩山を利用し、その山脚から十五乃至《ないし》二十メートル位登ったところに、岩山の全周を取り巻くように高さ十メートル位の鉄筋コンクリート造りの城壁を廻らし、その城壁の角、角にはトーチカが配置されている。このトーチカから城壁の前面を側射するようになっていると思われる。更に、城壁の上の方は緩やかな傾斜面が登って行き、その頂部（城壁から頂部までの垂直高は二十乃至《ないし》三十メートル位）は概《おおむ》ね平坦になっていて、西から大トーチカ・砲塔・大トーチカ・建物大トーチカが望見される。

以上が偵察の結果であるが、攻撃すべきトーチカのこれ以上の細部を知ることは不可能であった。

要塞という言葉は今日まで幾度か聞いたが、見るのは初めてである。これが世界に誇る、フランス陸軍の築城技術を駆使して、自然の地形を上手に活用して築造した要塞であるのかと感心するとともに、この要塞が正常に機能したならば、現在の澤野支隊の兵力・装備をもってしては、蟷螂《とうろう》の斧ではなかろうか。

今までの中国戦線に於ける攻城とは比較にならないものであろう。就中、小官は中国戦線では敵陣地のトーチカ等を肉薄攻撃した経験は皆無である。深く考えれば考えるほど不安は増すばかりであった。

ただ、私なりに密《ひそか》に考えたことは、この要塞は、全周防禦の機能を持っているとはいっても、元来国境（北方）からの敵の侵攻に備えたものであり、我が攻撃は全く要塞の背後（南方）から突くことになる。また、我は既に敵の内懐に入っており、野戦に於ける攻城とは比較にならないほど有利な立場にある。その上この要塞の守備隊であるフランス軍人と安南兵との団結は、帝国陸軍の比ではあるまい。このように敵側の弱点を数えあげては不安の軽減に努めていた。

偵察の合間合間に、攻撃用器材の製作準備を進めた。

●竹梯子（角のトーチカ・城壁登攀用）

長さ約一〇メートルと約五メートルの二種類を竹で作ることとし、竹材と結束材の準備

●破壊筒（トーチカの銃眼攻撃用）

径約五センチの鉄管を一メートルと一・五メートルの二種切断して、これに爆薬と雷管を詰め、導火索で点火するものとし、必要な鉄管・爆薬・雷管・導火索等の準備

三月初め頃、支隊の攻撃部署が明示され、工兵小隊を次のように配属することとした。

●第一分隊（約八名）

歩兵第五中隊（要塞の中央攻撃隊）

●第二分隊（約八名）

歩兵第六中隊

●第三分隊（佐藤軍曹以下七名）

小隊長が指揮することとし、

歩兵第八中隊（要塞の西南角攻撃隊）

この時以降、夫々《それぞれ》の分隊は配属先部隊と協議して、更に具体的、綿密な準備を続行することとなった。

歩兵第八中隊（重機第一小隊・小隊長の指揮する工兵第三分隊配属）の攻撃準備

中隊の攻撃目標である、要塞高地の西端大トーチカ陣地を占領するために、歩兵の共同偵察を繰返して、次のような攻撃要領が決定された。

攻撃発起位置　小学校校庭

攻撃前進経路　小学校校庭から西方向に進み、保安隊の東側塀に添って、要塞の西南角トーチカに突進

攻撃前進順序　工兵分隊、中隊指揮班、第一小隊、第二小隊、第三小隊の順序

攻撃順序

㈠工兵が西南角トーチカの銃眼を肉薄攻撃

㈡歩・工、城壁上に進出

㈢重機小隊、西端大トーチカの銃眼射撃

㈣工兵、西端大トーチカの銃眼を肉薄攻撃

㈤歩兵、西端大トーチカ陣地の占領

これより先、工兵小隊は山砲中隊から「わが山砲が敵の要塞砲を射撃する場合、射撃を邪魔する街路樹の伐採」を依頼されていた。依頼を受けた工兵は、企図秘匿のため、攻撃前日（三月八日）の夜半以降に街路樹の大枝が落ちない程度に鋸目を入れ、残りの切り落しは攻撃当日の攻撃開始直前に実施することにしておいた。

三月九日夕刻、いよいよ攻撃開始時刻（二一時、ハジャンでは薄暮時であった）も近まり、切断所要時間を逆算して、木工手に切断開始を命じた。木工手は街路樹に登って切断を開始、間もなく大枝が切り落とされた。その瞬間、物凄い火花が街中を走り、同時に停電してしまった。大枝が落下するとき、電線を切断したのである。

住民が騒ぎはじめ、付近が騒然となった。これが恰《あたか》も攻撃開始の合図となり、校庭に待機していた攻撃部隊が、一斉に発進を開始した。

3

小隊長は第三分隊の先頭を協定の経路に添って要塞を目指して突進した。途中保安隊の横を通過するとき、保安隊の中が騒《ざわ》めいてはいたが、妨害を受けることなく、西南角トーチカの至近距離まで進出して停止。

夕暗を透《す》かしてトーチカを凝視する。側防トーチカの上に人の動きが見れる。どうも友軍

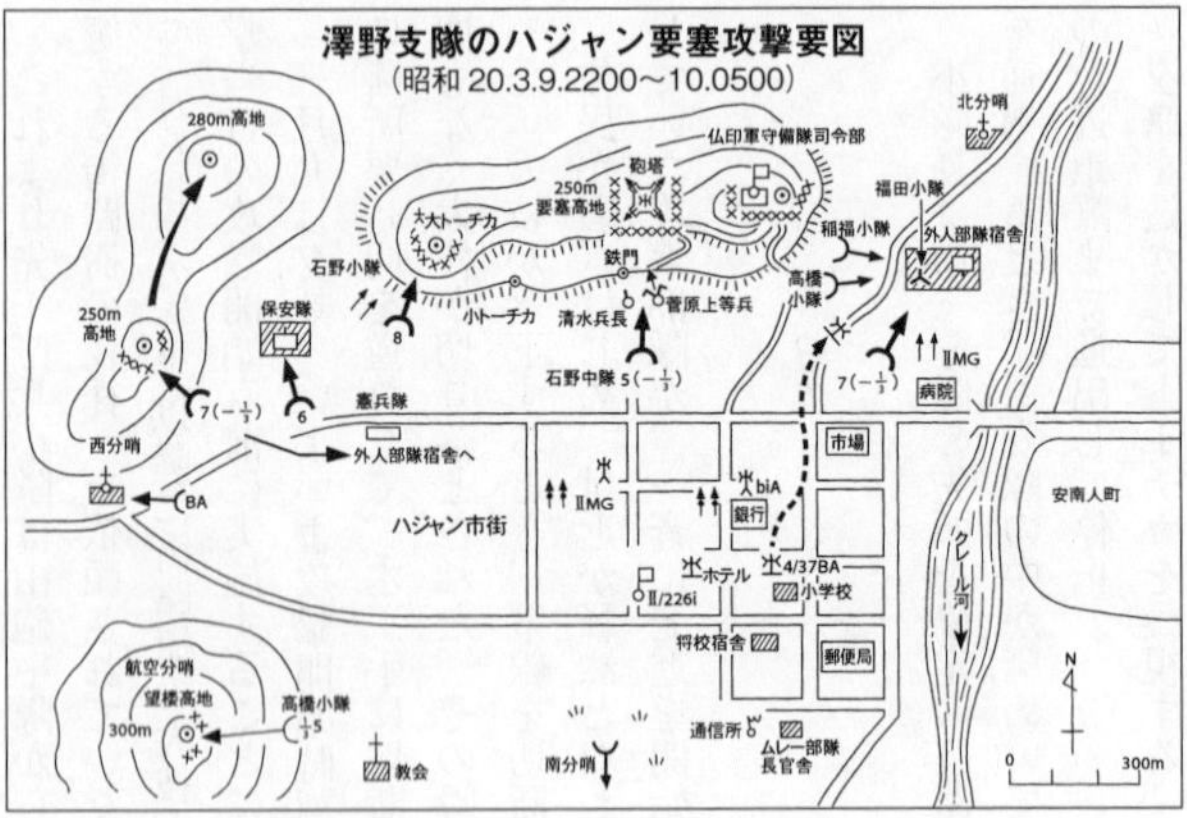

澤野支隊のハジャン要塞攻撃要図
（昭和 20.3.9.2200～10.0500）

らしい。側防のトーチカに梯子も掛かっているようだ。小隊長は一瞬おかしいと思った。工兵が最先頭である筈なのに。

〔戦闘終了後聞いたところ、中隊長が独断で進路を変更されたとのことであった〕

遅れをとったと思った小隊長は、第三分隊に前進を命じ、真先に既設の竹梯子を攀《よ》じ登って側防トーチカの上に出た。そこには第八中隊長と指揮班が先着している。全員負傷していて、その中の元気な声が「危ない」「トーチカが危ない」と教えてくれる。小トーチカからやられたのだ、と咄《とっ》嗟《さ》に気づいて、小トーチカに近寄ってみたら、銃眼の中に銃身が見える。直ちに分隊に命じて破壊筒を銃眼に装入して制圧、小トーチカは沈黙した。

負傷者の中の中隊長に、小トーチカの制圧完了を報告した。中隊長は了承し、第八中隊の指揮を砂川少尉がとるように伝言を依頼された。

工兵隊は、携行の竹梯子を側防トーチカから城壁に掛けて、城壁の上に進出した。攻撃目標の大トーチカは盛んに火を噴いている。その銃眼めがけて友軍の重機関銃の曳光弾が火箭《かせん》を曳いて吸い込まれている。実に見事である。

暫時友軍の銃眼射撃を望見する。そのうちに敵銃眼は沈黙するであろうと期待して見ているが、敵銃眼は一向に沈黙しない。沈黙するどころか益々烈しさを増し、この頃になると下の側防トーチカも火を吹きはじめ、要塞の総べての銃眼が射撃を始めたのであろう、彼我の銃声が狭いハジャンの市街にこだまして、耳を聾するばかりであった。

友軍機関銃の射撃は正確に的に当たっているが、敵の銃眼は射撃を続けているのを見た小隊長は、これ以上待てなくなって、工兵の肉薄攻撃を敢行することに決し、予《かね》て示し合わせた「射撃中止」の合図を友軍機関銃隊へ送った。

その合図は、懐中電灯で円を描く合図であったが、身を起こして右腕を高く揚げると、右腕に機関銃弾が当たりそうで、充分な合図が送れなかったように思えたが、間もなく友軍機関銃の射撃はピタリとやんだ。この頃、第八中隊も工兵の後につめかけていた。

工兵隊は直ちに大トーチカに向かい近接し、一名の攻撃手に肉薄攻撃を命じた。攻撃手は破壊筒の導火索に点火して、銃眼に向かって突進した。

次の瞬間、攻撃手が悲壮な声で「破壊筒が銃眼に入りません」と叫んでくる。時間の余裕はない。「その場に破壊筒を置いて退避」と命ずる。破壊筒は大音響とともに銃眼の前で爆発した。

不審に思った小隊長は、攻撃手を呼んで事情をたずねたが要領を得ない。もはや一刻の猶予も許されない。小隊長は単独で銃眼に近接、銃眼からの火線を避けながら、懐中電灯を点滅して銃眼を覗《のぞ》いた。破壊筒が簡単に装入できない理由が判明した。破壊筒を装入できる部分は、銃眼中央の奥部で機関銃銃身の出ている真下部に僅かに開口部が開けているだけであった。

小隊長は先の攻撃手を呼んで事情を説明、射線の両側に分かれて銃眼に近接、まず小隊長が懐中電灯を短切に照らして攻撃手に開口部を確認させ、攻撃手が確認したところで、次に攻撃手に破壊筒を点火させ、小隊長が懐中電灯で銃眼部を照明、攻撃手が破壊筒を装入、

「装入成功」

「退避」

両者が退避した瞬間に爆発、銃眼から火光は見えなくなった。同じ要領を繰返して三個の銃眼を爆破したところ、さしもの大トーチカも全く沈黙してしまった。満を持していた歩兵が一斉に突撃して、西端大トーチカ陣地を占領した。時に二十三時頃であった。

しかし、側防機関銃は依然として狂気の如く射撃を続けていた。

占領後間もなく、第八中隊長から伝令が飛んできて、

「第八中隊は地下を掃蕩《そうとう》する。工兵隊は地下入口を探索せよ」

と伝えた。工兵隊は早速《さつそく》、占領地一帯を隈なく探し廻ったが、それらしきものは見当たらなかった。

探しながら小隊長は考えた。入口が見当たらぬとすれば、出口はないだろうか、これだけの要塞であれば、内部には棲息設備があるであろう。人が住むからには生活水の排水が必要であろう。また、地下水も湧くだろうから、それも排水しているに違いない。その排水口から侵入出来るのではなかろうか……と。

城壁に添って暗闇の中で、排水口を入念に探させたところ、それらしきものが見つかった。西端大トーチカの西北側の城壁の下脚部である。

懐中電灯で照らすと、水流らしきものが見える。十数メートルの絶壁である。長荷造綱を継ぎ合わせて偵察者を吊り降ろすことにしたが、側防機関銃の射撃は続いており、危険である。

人選をはじめたとき、渕上正信兵長が志願してきた。懐中電灯を渡し、長荷造綱で身体を縛って注意深く徐々に吊り下ろす。底に着いた渕上兵長から、

「射撃の危険はない。排水口であるが、要塞の中に入ることはできない」

といってくる。

次に小隊長も長荷造綱で降してもらう。なるほど、排水口の底から五メートル位切り立った断崖の上から少量の水が壁に添って落下している。梯子がなければ絶対に登れない。敵な

がら天晴れである。

要塞の上に引上げてもらって、第八中隊にも連絡して、梯子を探したが、城壁上には見つからない。ここを断念して、他を探したが、夜明け近くまで遂に入口は発見出来なかった。

夜明け近くになって、要塞下方の側防機関銃の射撃がやんだ。これと相前後して、西端大トーチカの北側地面を押上げて、安南兵数名が投降して来た。皆負傷していた。これに続いて、要塞の守備兵が続々投降してきた。

4

――以上は工兵第三分隊の活躍の経過だが、つづいて、工兵第一分隊の活躍に触れたい。

工兵第一分隊は、歩兵第五中隊に配属され、第五中隊の攻撃進路上の最初にして最大の難関である城門（鉄扉）を爆破して、第五中隊は戦捷の道を開いたが、この時、城門爆破を担当したのが菅原上等兵だった。菅原上等兵の勇猛果敢な捨身行動は、まさに工兵魂の具現そのものだったので、ここに城門爆破の状況を、桑本小隊長の手記にもとづきながら紹介しておく。

城門は要塞に通じる唯一の自動車道に設置されており、鉄製の極めて頑丈なものであった。

従って、この城門を突破すれば、攻者は極めて平易に、かつ、迅速に要塞に突入出来ることとなり、この城門爆破の成否こそは、この正面からの攻撃行動の天王山といってよく、攻撃前幾度も謀議し、綿密周到に準備されたものであった。

このように重要な城門であるので、敵もこれを無防備で放置する筈はなく、城門の直前を要塞の骨幹側防射線で掃射するとともに、城門に向かって左側に小トーチカを設けて直接防護の処置も併設していた。

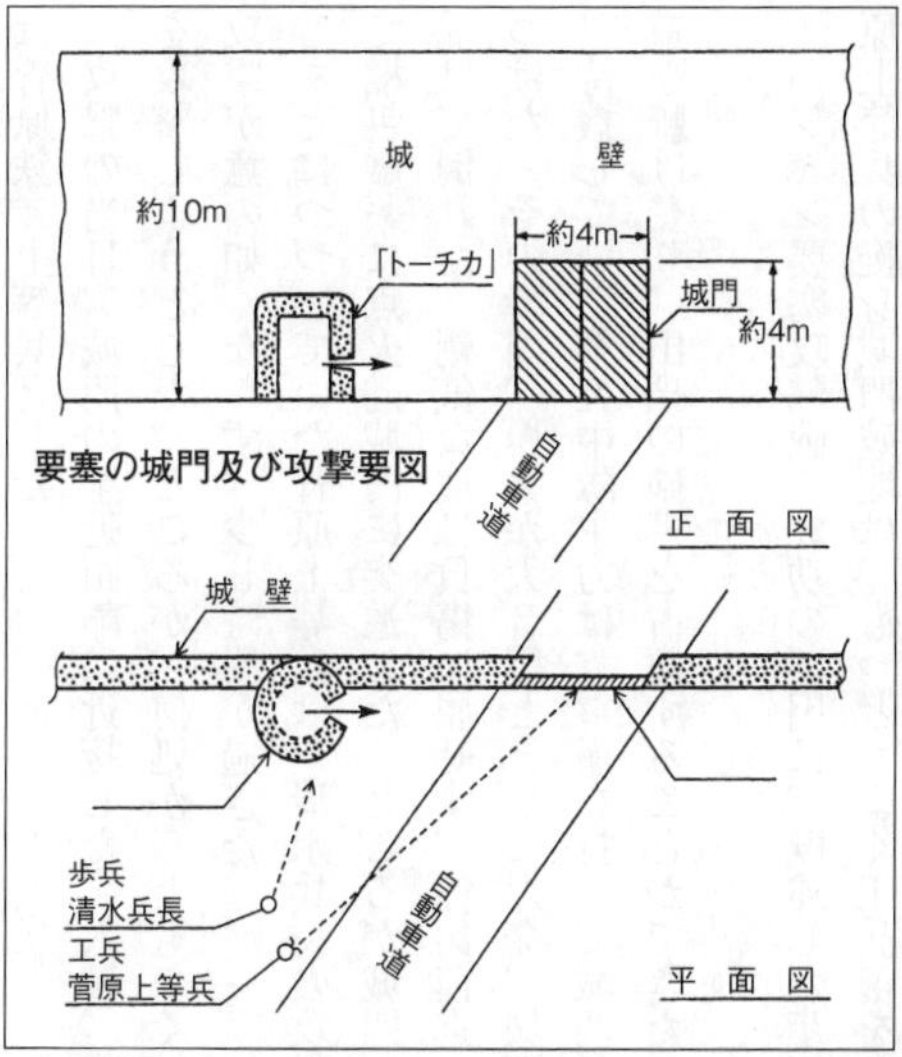

要塞の城門及び攻撃要図

計画された攻撃方法は、歩兵一名、工兵一名を一組とし、まず歩兵が左側トーチカの銃眼を制圧する。この機に乗じて工兵が梱包爆薬（所要量十キロとし、携行し易いように五キロ二個に分割）を城門に仕掛けて爆破するというものであった。歩・工それぞれこの攻撃を成功させるために最優秀の兵を選抜し、歩兵は清水与三郎兵長、工兵は菅原鉄二上等兵とした。

攻撃の当日、城門の至近距離に近接した二人は、約束通り先ず清水兵長がトーチカの銃眼を攻撃しようとした。ところが、何処からともなく被爆したらしく、目的のトーチカの銃眼攻撃が意の如くならず、少し時間が過ぎた。

あとにつづいていた菅原上等兵は、清水兵長の攻撃は無理と見たのか、待ちきれなくなって梱包爆薬に点火、城門に突進した。ところが城門に達する直前で、トーチカからの射撃を受けて倒れた。剛気な彼は負傷に屈せず、匍匐《ほふく》前進して梱包爆薬を両手と身体で城門に押しつけた。その瞬間、爆薬が大音響とともに爆発、城門は見事に爆破された。

待機していた第五中隊主力は、雪崩《なだれ》を打って城門の爆破口から要塞へ突入、一気に自動車道を駈け登り、山頂の砲塔を占領することができた。

ハジャン要塞攻撃戦の成功の要因は、既述した歩工密接な協力による成果だが、中でも菅原上等兵の挺身城門破壊は、もっともよく工兵魂を発揮した行為に数えられた。

この菅原上等兵の人となりについては、工兵第三十七聯隊戦友会（湯浅照夫事務局長）の談話および手記を参考にしつつ、二、三の事象を紹介しておきたい。

ハジャン戦のあと、三月十日の太陽が昇ると、城門に残った鉄扉の残骸は、緋牡丹《ひぼたん》の花びらのような、菅原上等兵の肉片と鮮血によって彩られていた。菅原上等兵は、自分の体重を扉に膚接させて、爆破の効果を大ならしめようとしたからである。

菅原上等兵は、この爆破手としての任務を、どうしても自分にやらせてほしい、と、分隊長に強く願い出ている。攻撃前には、身辺を整理し、自分の愛用の品を若い兵隊に分与している。はじめから決死を覚悟しての行動である。

桑本小隊長は、菅原上等兵のことを、彼は「自分は前科を持つ身であり、いつの日にかよい死に場所を、という気持があったようだ」と語っている。

それは、どういうことかというと、菅原上等兵は昭和十九年早春、現地召集兵として入隊している。召集前、菅原上等兵は、北京《ペキン》で軍属として仕事をしていたが、商取引に関連した事件で軍法会議に付されている。人間味と正義感では人に負けない菅原上等兵が、なぜ軍法会議に付されたのか、冤罪《えんざい》ではないか、と、彼を知る人は疑問に思った。

実は昭和十四年八月に天津《テンシン》地区に大水害があり、衣食に窮した中国人集落の人々の惨状を見かねて、彼は軍の糧秣を届けてやったため、処罰されたという。この行為は罪でなく、むしろ日中親善の善行だったのだが、軍の規律は枉《ま》げられなかった。この時は工兵隊が折畳舟艇で出動したほどの大水害だったのである。

しかし、菅原上等兵の特筆すべき武勲は、軍も嘉《よみ》するところとなって、軍がダップコウに移動集結した時、菅原上等兵は二階級特進して伍長になり、佐藤賢了師団長参列の上、異例の個人工兵聯隊葬が執行されている。

ドンダン、ランソン、ハジャン等の攻略戦のほか、日本軍各部隊は、ダップコウ、セッパコード、トンキン湾を臨む地区の各堡塁、さらにドウソン砲台その他で、すべて戦果を挙げたが、重要なことは、どの戦いでも、安南兵の捕虜を、「君たちは安南独立のために働かねばならぬ、安南の自立と成功を祈る」と訓示して、解放したことである。安南兵たちは、「カム・オン・ジャイ・フォング（解放ありがとう）」と感謝の言葉を残して帰路に就《つ》いている。

4　ハコイ陣地の激戦

1

ドンダン、ランソン、ハジャンの戦闘に触れて来たが、ここで、いまひとつ、ハコイ陣地の戦闘をまとめておきたい。

ハコイは、仏印海岸最北端のモンカイから三十キロ南にあるトンキン湾沿いの小さな町である。モンカイは国境の町として経済交流もさかんで賑わっていたが、ハコイは人々が自由に暮らし、安南独立党の一拠点だった。

ハコイ陣地には、ドンダン、ランソンのような堅固な要塞はなかった。この陣地を攻めた歩兵第二二六聯隊第三大隊第十中隊は、北部仏印各要塞陣地戦の最後を彩る激戦によって、陣地は占領したが、各要塞戦とくらべて、もっとも多くの死傷者を出した。しかも、戦闘の様相に、他地区の戦闘とはかなり違った攻防を経験している。

ハコイ陣地の攻撃戦については、数少ない生き残りの一人である長友家雄氏（当時第三分隊長・兵長）の『ハコイ陣地激戦記』という手記があるので、それを参照しつつ、ハコイ陣地戦の複雑な戦闘事情を描いてみる。

ハコイ陣地攻撃戦の中核となった第三大隊第十中隊の編成は左記である。

指揮班　白石光雄大尉　以下十名
第一小隊　松岡中尉以下二十名　軽機二　擲弾筒一
第二小隊　谷口見士以下二十名　軽機二　擲弾筒一
第三小隊　野中准尉以下十八名　軽機二　擲弾筒一
配属重機　楠田伍長以下五名　重機一（九二式）
陣地残留　花村曹長以下五名　一次攻撃不参加
師団輜重　原口兵長外一名　トラック一台　一次攻撃不参加
暗号班　無線（三号班）伊藤中尉外八名　一次攻撃不参加

——右の編成のうち、指揮班から配属重機までの兵数は七十三名しかいない。

第十中隊は、原駐地の山西省運城を出発する時は、四個小隊編成で人員百五十名を数えた。出動後、京漢作戦、湘桂作戦を戦い、その後九ヵ月余にわたり大陸縦断作戦がつづき、仏印進駐時は、兵数は半分に減少していた。この事情は、第十中隊のみならず、第三十七師団すべてが負うていた宿命であった。鎮南関まで、実に一千一百キロの行程である。

第十中隊長の白石大尉は、昭和十三年徴集の古参中隊長で、作戦討伐においては、つねに先頭に立って勇戦してきた人である。湖南省宝慶では、払暁攻撃の際、中国軍の手榴弾で左眼を負傷したが、眼帯をしたまま、かまわず隊伍を指揮し、部下を励まし、自身は眼の不自由のため、水田沿いの細道では、夜行軍の折、足を踏みすべらせて泥まみれになったが、苦にせず歩みつづけている。時には担架の後押しまで手伝った。部下たちは一様に「この隊長となら、いつ死んでも思い残すことはない」という心境をいい交わした。

湖南の猛暑悪疫瘴癘《しょうれい》で、兵員は次第にその数を減らして行ったが、中隊長を先頭に、隊伍は二十年一月末に鎮南関を越えている。

中国と仏印の土地をくらべると、まさに地獄と極楽の違いがあった。道路の舗装はもちろんだが、建物は彩色あざやかで瀟洒《しょうしゃ》だし、シャンデリアの下に立つ、アオザイを着た安南娘はマネキン人形の如く美しく、兵隊たちの眼を惹《ひ》いた。少なくも、この時、仏印は平和だった。

ただ、南下をつづける部隊を、威圧するように、ドンダン、ランソンの要塞陣地があり、大口径の砲身が周囲を睥睨《へいげい》している。来るべき仏印軍の武装解除は、容易なものではあるまいと思われた。

先行していた聯隊本部に、コーロで追いつくと、第三大隊は、長期行旅のため汗と泥にまみれていた軍服を、ようやく着替えることができた。半張りが外れて縄で縛っていた軍靴も交換できた。

ここで、ひと息つき、二月半ばに、第十中隊は大隊を離れて、ハコイへの進駐を命ぜられた。中隊は、師団輜重《しちょう》のトラック二台にスシ詰めのまま、上からシートをかぶって、ひと晩かかって、翌朝、ハコイに着いた。

ハコイは討《うっ》第二十一師団の警備地だった。第十中隊はここで警備を交代し、仏印軍陣地とハコイ河を隔てて、五百メートル海岸寄りの、松林の日本軍陣地に駐留した。

ハコイの仏軍陣地は、巨大な要塞陣地ではない。北と西方から流れてくる二十の河が合流して、トンキン湾にそそぐ三角地帯の、高さ十五、六メートルくらいの丘陵に第一陣地があり、その後方に五十メートルほどに位置する丘陵には、第二陣地が構築されていて、陣地はいずれも下部は破壊防止のため、約二メートルほどをコンクリートで、また一部は、煉瓦で擁壁が設けられ、陣地斜面は鉄条網を張り囲らし、頂上部は高さ三、四メートルの城壁を、四隅には円筒型のトーチカが、また連絡移動用の地下壕も構築され、陣地下を流れる水深三メートルの渡河点、道路主要部にもそれぞれ各所に、望楼型トーチカが設置され、第一、第二陣地の営門の前のみ、テニスコート二面と、わずかな広場があるだけで、第一陣地下の舟着場からの道路は非常に狭く、その道路と水田のわずかな空地に、ハコイ州税関、電話局の三方は河と水田が連なり、陣地上からは、かなりの地点まで展望のきく、地形地物をよく利用した、巧妙な陣地であった。

ハコイには、前任の第二十一師団討部隊の特務機関、島大尉以下四名が、昭和通商と名乗り、貿易商を装って、周辺仏軍の陣地構造、装備、動静等を探索し、また安南独立を目指す党員の、拡大支援に務めており、当初中隊にもたらされた情報では、〃ハコイ陣地の敵兵力は約二百、戦力の中心となるフランス外人兵は一割にも満たず、その他は安南兵で戦意は全く無く、兵器は小銃軽機のみ〃という、誠に安易な情報であったが、その後、夜間にモンカイ方面から、しばしばトラックの出入りが見られ、城壁内部の足場補強工事等が、昼間、中隊陣地からも見られるなど、いままでにない仏印軍の、活発な動きが見られはじめていた。

2

中隊本部と、第一小隊第三小隊は、中隊陣地に、第二小隊のみは、街の中央舟着場近くに分駐していたが、三月早々、下士官以上は、中隊本部に集合を命じられ、初めてハコイ仏軍陣地攻撃の、図上説明と携行用具、合言葉、夜間標識、防音装置等、詳細な指示説明がなされ、最後に白石隊長から、第十中隊の任務について、重要な訓示が与えられている。

ハコイ陣地攻撃についての、白石隊長の訓示は、つぎの如きものであった。

「――わが第十中隊の任務は、明号作戦の発令とともに、速《すみや》かに仏軍陣地を攻撃して、武装解除を行ない、友軍大隊のハコイ到着とともに、三十キロ東北方の、中国との国境モンカイの、武装解除を行なう。大隊もハコイ救援を急ぐとは思うが、ラムよりハコイまでは百八十キロ、途中デーンラップ、テイエン、ダムハの三陣地があり、特にテイエンは大隊本部として、兵力は約六百、火砲数門を有し、主陣地を囲んで三つの外廓陣地があり、それぞれの陣地兵力等を勘案すれば、大隊がハコイに到着するのは、早くして約一週間後と思われる。第十中隊が万一ハコイ攻撃を失敗した場合には、周辺仏軍の来援は必至であり、地形上、腹背から攻撃を受け、最悪の事態となる。中隊単独で、仏軍陣地は是非、一夜のうちに占領しなければならない」

白石隊長の、凛然《りんぜん》たる訓示であった。敵は中国軍と同程度と、今迄は安易に考えていた我々は、仏印軍武装解除の厳しさを、改めて痛感し、隊長の期待に応うるべく、武装解除決行の日を待っていた。

――その運命の日は、三月九日の深夜であった。

白石隊長は、ハコイ着任時の、就任挨拶以来、よく仏兵舎を訪れ、レニエ大尉、ダミエス中尉と、懇談会食をしていたらしく、その御礼を名目に、三月九日の夕食会に、仏軍幹部を招待したが、既に不穏の事態を察知していたのか、夕刻、日本軍陣地を訪れたのは、レニエ大尉ただ一人だけであった。

白皙《はくせき》長身の大尉は、終始にこやかな笑顔で、白石隊長と酒食を共にし、歓談を重ねていたが、頃合いをみて謝意を表し、お別れの握手を求めた。白石隊長は、レニエ大尉に「ちょっと待て」といった手振りをして、先にドアを開けて外に出た。すると、入れ替わりに入って来たのは、柔道二段の久保、空手の比嘉、外一名で、かれらは大尉の前に立ち塞がり、椅子にすわるよう、命令口調で手真似もする。

先程迄の、鄭重な応対とは打って変わった日本兵の態度に、驚いたレニエ大尉が、何事か叫んで椅子を立ちかけると、日本兵が押さえる。その時、ドアから入って来たのは、軍刀を腰に、白襷《しろだすき》をした姿の白石隊長だった。完全武装である。驚いて、顔をこわばらせるレニエ大尉に、同行した特務機関の通訳が、白石隊長の意を伝える。

「貴官とはハコイ着任以来、僅かの期間ではあったが、今日まで友好を保ってきた。その貴官に対し、誠に申し訳ない事であるが、ただいま我中隊に、ハコイ仏軍の武装を解除するよう、軍命令が下った。出来得れば銃火を交えず、無血処理が望ましい。レニエ大尉は私と同行して、ダミエス中尉を説得してもらいたい」

突然のことに茫然《ぼうぜん》として、しばし言葉も出なかったレニエ大尉は、気をとり直したか、立ち上がると、白石大尉を見据えて語気鋭く反問したが、最後には、

「白石大尉、日本武士道、ダマシ打ちいけません、ダマシ打ちいけません」

と、明瞭な日本語で叫びながら、あとは頷《うなず》き、静かに椅子に腰を下ろした。思えば既に緊迫した日仏関係を知悉《ちしつ》しながら、白石大尉とのしばしの友好と、日本の武士道を信じ、単身日本軍陣地を訪れたレニエ大尉の抗議の言葉「日本武士道、ダマシ打ちいけません」の一言は、白石隊長もさすがに、返す言葉もなく、沈痛な面持ちで、唇を嚙みしめていたが、しばらくしてレニエ大尉の捕縛を命じ、白石隊長は静かに部屋を出た。

三月九日二十一時三十分、中隊は行動を開始した。隊長以下七三名の中隊は、陣地残留に、花村曹長以下五名を残し、

＊第一小隊は、ハコイ、モンカイ道路を北進、五百メートルの渡河点を渡渉して、敵第二陣地を側背から攻撃。

＊第二小隊は、街の西方で河を渡り、敵陣地下のハコイ州官舎で、本部第三小隊と合流。

＊本部第三小隊は、渡し場より小舟二隻に分乗し、陣地側に接岸上陸後は、陣地下小径を経て、ハコイ州官舎に進出。

各小隊は規定の打合せ通りに、行動を開始した。夕食会にことよせ、謀略をもって逮捕したレニエ大尉と当番の安南兵を、それぞれ後ろ手に縛り、星一つみえない暗闇の中、中隊が陣地下の小径を素速く通り抜け、ハコイ州官舎税関に到達するとほとんど同時に、仏軍陣地で怒声叫声が入り乱れて騒然となり、同時に打ちあげられた照明弾三発は、ゆらゆらと上空

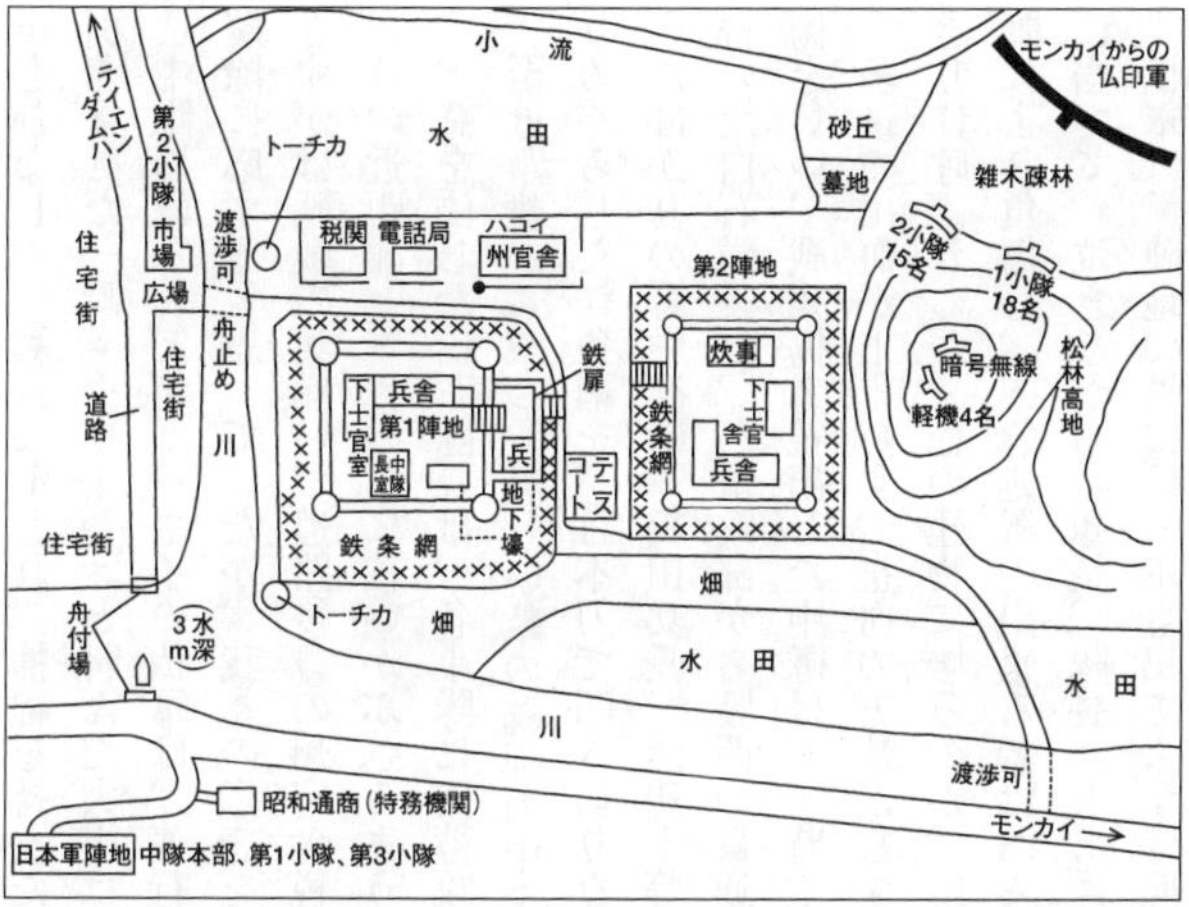

を漂いはじめ、陣地周辺は一瞬のうちに、真昼のような明るさになった。

レニエ大尉とともに、陣地真下に立った白石隊長は、通訳に、ダミエス中尉との折衝を命じた。しばしして、トーチカ横の城壁上に、ダミエス中尉は姿を現わした。短軀肥大の中尉は、通訳の説得をすべて拒否し、レニエ大尉を指差し、二言三言なにかいい終わると、「ノウノウ」と大声で叫び、勝ち誇ったように、両手を大きくあげた。

ダミエス中尉の姿が、城壁から消えるとともに、陣地に近接していた中隊をめがけて、まず手榴弾が、さらにトーチカ、城壁の銃眼から、重機軽機の閃光がきらめき、至近距離の銃弾は、激しく地面を叩き、手を縛られながら弾丸雨飛の中、なおも、「私、撃つな、いいます」と、陣地側に訴えるレニエ大尉の声もむなしく、轟音に消され、捕縄を持った小野軍曹が「駄目だ、来い」と、レニエ大尉を引き寄せた一瞬「ウワーっ」と叫んだ大尉は、背後から左胸部を貫通した銃弾で、即死した。

中隊のほとんどが、ハコイの仏軍は、連行してきたレニエ大尉の説得に応じ、簡単に武装解除に応ずると思っていたが、我々の意表を衝く仏軍の反撃に、当初は驚きあわてたものの、さすがは歴戦の兵揃い、道路後方の州官舎税関の建物に素速く散開して、応戦を開始する。余りの近距離と、目の上に覆いかぶさるような敵陣地の構造は、下方からの銃眼射撃は効なく、意を決した白石隊長は、各小隊に肉薄攻撃を命じた。

至近距離から撃つ、激しい敵の銃弾の中を、「俺について来い」と真っ先に飛び出し、張りめぐらした鉄条網を、日本刀で叩き切りながら、急斜面を攀《よ》じのぼって、城壁下にとりついたばかりの野中准尉、松田兵長、渡辺上等兵が、城壁上からの手榴弾の集中を受け、後に続いた白石隊長は、右鼠蹊部《そけいぶ》から股間の貫通弾、また指揮班高野准尉も、右大腿部貫通の重傷を負い、戦死傷者続出した中隊は、一時攻撃を中止して、負傷者だけは州官舎に収容した。

多量の出血が止まらず、止血の方法がむずかしい白石隊長は「中山、中山」と、軍医をしきりに呼ばれるが、他の建物に居るのか、応答はない。渡辺、斎藤の両衛生兵も、共に手榴弾により負傷し、応急処置の出来る者はおらず、隊長当番の喜友納上等兵が、包帯包を傷口に当てて、泣きながら「隊長、隊長」と、声をかけ、押さえているのみであった。

仏軍は、陣地の外には一歩も出て来ず、照明弾代わりに、用意していたと思われる、油にひたした襤褸布《ぼろぬの》と木屑を、混ぜ合わせて竹籠に入れ、点火しては投下し、陣地周辺を明るくして、日本軍の突入を阻止するため、軽機小銃を乱射する。

官舎の中で、是が非でも陣地占領を願う白石隊長は、本部連絡下士田村曹長に、陣地残留の花村曹長以下五名も、早くこの官舎に来るよう、命令を発した。

花村曹長らは、補充の弾薬を持ち、水田に足をとられ、敵陣地を大きく迂回してくるのだから、なかなか来ない。月齢零の真の闇の中である。

白石隊長は、第二小隊長の谷口見習士官を呼び、「このままでは夜が明ける、夜が明けたら中隊は全滅だ、今一度、陣地を攻撃する」と命じた。

通常、夜襲の場合は無言で行動するが、敵を威圧するため、大きな喚声をあげ、宇治橋上等兵の突撃ラッパとともに、第二小隊は次々擁壁を乗り越える。

内田軍曹、続山、渡辺両上等兵は、戦友の屍を踏み越えて、城壁下にとりつく。続山上等兵は、トーチカの銃眼に手榴弾を投げ込もうとした刹那《せつな》、後部トーチカからの銃弾が、背部から鉄帽と頭部を貫通、その場で即死。

渡辺上等兵も左背部から右脇腹を射抜かれ、後続の者らも、狭い突撃路の有刺鉄線に絡まれ、またも戦死傷者が続出する。結局、突撃は失敗し、負傷者だけを官舎に収容した。

激戦の一夜が明け、東の空が薄明るくなり始めたが、濃い朝靄《あさもや》の立ちこめた天候は、模糊《もこ》として視界の悪い払暁であった。

おそらく中隊古参の、花村、田村両曹長の協議によると思われる三度目の攻撃は、前回と同じく、突撃ラッパと共に、負傷者も陣地に向けて、大声で喚声をあげさせ、突入も図ったが、只一つの突撃路は、待ちかねたような敵の集中火を浴び、三度にわたる突撃も空しく挫折した。

「退《さ》がれ」「引け引け」の声に、負傷者を収容している州官舎の建物に、それぞれが退避したときは、夜は明け放たれ、東の空の雲の合間に、日の出が見えはじめた。

昨夜来の激戦が、嘘のように静かな朝だった。仏軍は、余勢を駆って、州官舎に敗退している日本軍を殲滅する攻撃を企図しているものと思われ、白石隊長をはじめ重傷者は一番奥の部屋に収容し、軽傷者は要所要所に配置して、仏軍の来襲に備えた。

3

九日夜、第二陣地攻撃の松岡第一小隊は、ハコイ・モンカイ道を北進し、途中電話線を切断して、渡河寸前、モンカイ方向から南下してくる、トラックのライトに気づき、急遽叢《くさむら》に退避した。渡河点に下車してきたのは、真暗闇の中で確認することはできなかったが、推定二十名ぐらいと思われる人影が、陣地方向に消え、トラックは河岸で反転、またモンカイ方面に走り去った。

敵との思わぬ不期遭遇に、警戒を厳にした松岡小隊は、定められた攻撃開始の予定時間を過ぎ、仏軍第二陣地の側方に迂回した時には、既《すで》に第一陣地では、熾烈《しれつ》な銃声が、また彼我迫撃砲、擲弾筒の爆発音が轟《とどろ》き、上空には打ち上げられた照明弾が、煌々《こうこう》と地上を照らし、攻防酣《たけなわ》の激戦が展開されていた。

松岡小隊も僅かな隊員ながら、幸いにして第二陣地の後方は、松の疎林で、陣地よりも若干高く、尚《なお》山頂には縦横に、散兵壕が掘ってあり、巧みに壕を利用した松岡小隊は、戦死者はなく、損害は軽微であった。

昭和通商の島大尉以下、また第三十七師団の諜報班、中山軍医等は、朝靄の濃い払暁に、陣地下を離脱して、小流沿いに北進中、松岡小隊を発見した。双眼鏡で友軍と確認した松岡小隊長も喜び、手を振って応えた。

島大尉、伊藤中尉が、交々《こもごも》悽愴苛烈な第一陣地の攻防、数多くの死傷者の収容について話し合い、収容は本日没後と決定した。

第一、第二陣地の仏軍の人数は不明だが、特務機関の情報と異なり、重機迫撃砲、さらに手榴弾等、豊富な武器弾薬を有しているのに、なぜか陣地からは一人も出て来ない。おそらく手榴弾戦になるものと覚悟していた本隊は、夕暮を迎え、脱出の機を得た谷口小隊長、花村、田村の両曹長の合議で、戦死者の収容は陣地占領後とし、負傷者のみを収容、第一小隊のいる松林に、搬送を決定した。戸板を担架代わりに、山頂へ急いだ。

山頂へ収容した白石隊長は、既に虫の息で、目を閉じたままであったが、松岡小隊長が、「一小隊松岡です。隊長しっかりしてください」と呼びかけると、かすかに目をあけた隊長は、頷《うなず》くように「松岡」と答えたが、そのまま目を閉じ、息が絶えた。

松岡小隊の健在なのが中隊全体を元気づけはしたが、中隊全員は昨夜来二十余時間、一物も口にしていない、一滴の水も飲んでいないので、疲労困憊していたが、夜半ごろになって、第二十一師団の特務機関員と、日本軍に協力していた安南独立の党員が、竹籠に米の握り飯を入れ、バケツに塩と油で炒《いた》めた漬物などを運んで来てくれた。中隊は、かれらの挺身援助に深く感動し、勇気を新たにした。

十一日早朝、モンカイの仏印軍が、ハコイに向けて南下中との情報が入った。常備兵力六百といわれる仏印軍の増援は、その一割にも満たぬ中隊の兵力では、陣内にいる仏印軍からも挟撃されるし、勝敗の帰趨は明らかである。中隊は、山腹に掘られた塹壕を広範囲に利用し、徹底した偽装で少数兵員の秘匿を図った。

情報通り正午を過ぎたころ、モンカイ方向から、長い隊列をつくった仏印軍が、我が方陣地を目指して、横一線の隊型でぞくぞくと押し寄せ始めた。距離五、六百メートルと思われる地点で、一旦停止した仏印軍は、三門の迫撃砲で射撃を開始したが、ほとんど我が陣前百メートル程の所で炸裂した。

射撃を中止した仏印軍は、横一線の隊型を変え、今度は縦隊となって前進を開始した。背丈ほどもない灌木の中を、腰もかがめず、高姿勢で堂々と押し寄せる大軍を見て、我々もこれでいよいよ最後か、と、玉砕の二文字が頭に浮かんでは消えた。

伊藤中尉は、ハコイ諜報班長として、暗号無線の兵若干名とともに、随時ハコイの情報を無線連絡していたが、モンカイから押し寄せてきた大軍を見て、最悪の事態を予想し、第一小隊長松岡中尉に、暗号書の焼却、無線機の破壊を提言し、松岡中尉の同意を求めた。異論はなく、暗号書は直ちに焼却されたが、無線機の破壊はしばらく待つことにした。

兵力に大きな差があり、弾薬も乏しく、近接戦に貴重な手榴弾も数少ない、射撃は出来得る限り敵を引きつけて撃てと、命令されていた。迫撃砲の試射にも手応えはなく、近接しても弾丸一つ撃たぬ日本軍は、既に敗走したと誤認したのか、敵軍は無造作に陣地を登りはじめた。

「撃て」――の命令を受けた友軍の軽機小銃、さらに九日の夜以来行方不明で全員戦死と思われていた楠田伍長以下三名（二名は戦死）の配属九二式重機関銃の心強い射撃音、それらに射すくめられて右往左往して敗走してゆく仏印軍、隊中から思わず「やった」「バンザイ」の歓声があがる。

烏合の衆、と思われた仏印軍は、迫撃砲陣地まで、いったんは後退したが、日本軍陣地への距離の確認ができたのか、その後撃ち出す迫撃砲の弾着は、次第に的確となり、土砂を跳ねあげ、立木の枝葉を飛散させ、炸裂時のガスは壕内に充満する。敵からの重軽機の乱射のために頭も上げられない。さらに弾薬の欠乏のため、応射も劣勢となる。対する仏印軍は、逆に勢いを得たか、白い帽子に白い服の、明らかにフランス軍将校らしい者の指揮の下に、小銃、自動小銃を撃ちまくって、友軍陣地へ次第に近接して来る。

伊藤中尉の無線連絡では、大隊本部は、テイエン攻撃に手間どり、ハコイ救援の予定（十五日）は、なお若干遅れる見込みの無線を傍受して、松岡小隊長に報告した。

兵力に大きな差があり、残る弾薬も乏しい第十中隊の道は、ただ一つ、突撃して、出来得る限り敵兵を殺傷して、後は玉砕も止むなし、と、意志を固めた小隊長は、第一小隊の突撃発起とともに、第二小隊も当面の敵に、と、伝令を走らせたが、第二小隊長谷口見習士官は、既にこの時、右頬から左頬を銃弾が貫通し、顔じゅう血だらけの状態であった。

後任の指揮は、花村曹長が執り、第一小隊と行動を共にする旨、伝令が連絡に来た。

友軍頼みの綱の重機も、弾丸が尽きたのか、射撃音は聞こえず、第一、第二小隊の軽機も小銃の射撃も散発的となり、敵が五十メートル以内に近接すれば突撃、と、待ち受けていたが、するとその時、第一小隊正面の敵が、なぜか、いきなり下方に向かって走り出した。

しかも、指揮者と思われる者が隣接の各隊に連絡したらしく、敵軍は続々と撤退をはじめ、午後三時ごろには長い隊列をつくって、モンカイ方向に向かって、見る間に消え去って行った。

我々には、敵撤退の真相はわからず、今か今かと張りつめていた緊張感が一気に崩れ、敗走する仏印軍を撃つ事も、追う事もできず、ただ茫然と眺めるのみであった（これはのちに判明したことだが、仏印軍が突然攻撃を中止したのは、モンカイ地区司令官レコック中佐の戦死のためである。戦闘間、沖縄出身の神里孝徳上等兵が狙撃した）。

モンカイの敵は撤退したものの、ハコイ陣地内の敵情はわからず、万一を考慮して陣地後方の高地に仮眠した中隊は、三日間の激闘に疲れ切り、十二日は中隊陣地から、弾薬、医薬品を、さらに食糧を昭和通商（特務機関）で調理してもらい、久しぶりのミソ汁の味に舌鼓をうった。

モンカイ増援軍の思いもよらぬ敗退に、我が第十中隊は全滅の危機を免かれたが、陣地に残る敵殲滅のため「明十三日払暁を期し、第十中隊残存兵力をもって、ハコイ陣地に再度突入する」旨を、師団司令部に連絡した。

十三日早暁、内田軍曹以下四名を路上斥候として、濃霧を利用し陣地に到達した中隊は、敵の奇襲を警戒しながら、営門トーチカ周辺、さらに城壁から陣地内を望見したが、既にモンカイに逃走したのか、ハコイ陣地は藻抜けの殻になっていた。

ただ、激戦の痕は生々しく、突撃路に鉄条網に、トーチカ周辺に折り重なる、無惨に変わり果てた戦友の姿は、悪夢をみるような思いだった。

遺体の収容、陣地内の捜索を終えたのは、一時頃である。

その夜、小雨そぼ降る暗闇の中、十八人の戦友の遺体を焼く紅蓮の炎は、地獄の業火を思わせ、鬼気迫る、異様な悲しみを募《つの》らせた。

遺骨は一体ずつ袋に納め、突撃路の頂部に埋め、塚には大きな墓標を建て、墓標には、

〝壮烈白石少佐以下十八柱奮戦之地〟

と、墨痕淋漓と記された。

第三十七師団歩兵第二二六聯隊第十中隊は、北部仏印最大の激戦地ハコイの想い出を胸に秘め、本隊とともに、新たな命による南進の途に就いている。

あとがき

「新・秘めたる戦記」は、ほぼ一年に一巻の予定で、一本にまとめられている。軍事雑誌「丸」に連載されているが、残念なのは、資料関係で直接お会いした人たちが、年々故人になっていかれることである。このシリーズを読んでもらうだけでも、戦争についての記述が、いかに重要な意味と価値を、さらには変幻に富んだ物語的内容を持っているかがわかってもらえるはずなのに。このシリーズは、ある意味で、死者をよみがえらせる効用をもっていると思う。「あとがき」には、しっかりした墓碑銘を記しておく。もっとも、記録そのものが墓碑銘なのだが。これは戦記作者の夢かもしれないが、いつの日か、戦記戦話が爆発的に読まれるのではないか、と思っている。

収録作品について、少々の解説と、記録類の出典等について触れておきたい。

「通信兵の戦話」

右の作品は「槍部隊史」の著者秋山博氏から預けられたもので、槍兵団独歩第一二三大隊通信班の松廣静氏の手記「通信兵の従軍回想」を資料としている。松廣氏がいかに優秀な、かつ郷土的友情に厚い人柄であるかがよくわかる。筆者の経験では通信兵は一般兵より別個に、信頼感をもって扱われていた。

この巻の前の造兵団《つくる》独混三旅の事蹟を書いた「黄河を渡って」さらにその前の第五師団を書いた「南京城外にて」も、扱われた作品や事項に連続しているものがあるが、これは取材者と被取材者とが、縁故的につながるからである。たとえば「南京城外にて」の中の第五師団の「南寧作戦」は、この巻の「通信兵の戦話」にもつながっているし、またこの巻の「鎮南関をめざして」にもつながる。第五師団が抱懐していた南進の理想は、終戦の年になってようやく、第三七師団によって遂げられる。駐屯地の山西省運城県を発して以来、辛酸に辛酸を重ねてきた第三七師団は、最後まで苦労のしつづけだったが、それだけに豊量な勇壮の戦記の記録を蔵している。戦記作者としては、さまざまな感慨を覚えざるを得ない。

「北部仏印平和進駐の顚末」

右の「鎮南関をめざして」の第一部となる部分は、槍兵団の一員であり、かつ著名な軍事研究家でもある秋山博氏から「重要資料に」といって手渡されたもので、左記の資料だった。

「昭和十五年九月二三日
『佛印進駐の真相』」
右は、手製に近い小部数刊のもので、第五師団長だった中村明人中将の、戦後十年ほどの日子を経て編まれたものである。これはまさに貴重な内容が密集していて、まとめるのに、筆者は他資料をも併せて、可能の限り懇切に意を尽くしたので、内容の紹介は本文に任せるが、この師団長の手記の巻末に、部下将兵より贈られた和歌が四百首程収録されていて、中村師団長が部下将兵からいかに慕われていたかが如実に理解されて感銘を受ける。数首を転載させてもらう。

・別れの辞述べて帰ります師団長ありし面影の彷彿とする
・慈父として仰ぎし人の去り給ふ心をさぐる秋風さびし
・師団長還り給ふと訣別の曲を奏づる虫の音聞ゆ
・秋立ちて思はざりけり師団長の戦野去ります日のあらんとは
・仏印の実のりの秋を後にして我が隊長は独り去ります

——「北部仏印平和進駐」に関する参考資料類を左記に。

＊「戦史叢書」（防衛庁防衛研究所戦史室・朝雲新聞社刊）
＊「槍部隊史」（秋山博著・槍友会刊）
＊「今津隊大陸縦断」（大山宏編・葦書房有限会社刊）

＊「濱田聯隊史」（歩二一会編纂・刊行）
＊「浜田歩兵第二十一聯隊第十中隊史」（同戦友会委員会編）

「北部仏印進駐」

第一部の「平和進駐」からこの「北部仏印進駐」までに五年が経過している。この北部進駐はすでに終戦の直前である。第三七師団将兵の格別の緊張した戦いぶりが窺《うかが》われる。ベトンの要塞を相手の日本の戦史上、実に異様な緊迫感を覚える。

ここで、各要塞戦順に、資料の紹介をしておきたい。

〈ドンダン要塞攻略戦〉
＊「死闘のドンダン攻撃戦」（成合重幸）
＊「ドンダンの戦闘」（暁豊後）

〈ランソン要塞群攻略戦〉
＊「支・仏国境を越えてキールワの戦い」（佐藤惟保）
＊「シタデル兵営の戦い」（岩崎金夫）
＊「ワンウイ堡塁肉迫攻撃を回想して」（小林小隊長）
＊「回想ワンウイの爆破班」（武田利夫）
＊「ネグリエ攻撃の回想」（河野金三郎）

〈ハジャン要塞攻略戦〉
＊「今津隊大陸縦断」（大山宏編）
＊「ハジャン要塞攻略戦記」（桑本百合雄）
〈ハコイ陣地の激戦〉
＊「ハコイ陣地激戦記」（長友家雄）
○左記は総合的な資料である。
「挺身　工兵第三十七聯隊小史」（37Ｐ会刊行・工兵第三十七聯隊戦友会編・代表湯浅照夫）
「夕日は赤しメナム河・第三十七師団大陸縦断戦記」（藤田豊著・第三十七師団戦記出版会刊・代表〈会長〉山中貞則）

本書をまとめるに際し、資料及び全般の事情について、左記二氏には特にお世話になったので、深謝の意を表します。
○秋山博氏（戦史関係）
○湯浅照夫氏（工兵第三十七聯隊関係）
なお、左記の方々には、直接間接にいろいろと示唆を受けましたので、記して謝意を表します。
＊藤田豊（元防衛庁戦史室長）＊伊藤好巳（浜田聯隊・二一会支部長）＊成合重幸（ドンダ

ン戦）＊河野金三郎（ネグリエ戦）＊長友家雄（ハコイ戦）＊新福徳造（指揮班）＊桑本百合雄（ハジャン戦）以上の諸氏。

この「あとがき」を書きながらも、戦中世代の諸兄の訃報を折り折りに耳にします。なりゆきとは申せ、残念です。どなたも一日も長く生きのびていただきたく願いおります。ご健在とご発展をお祈りいたします。

終わりに、光人社の牛嶋義勝氏をはじめ、みなさんにいつもお世話になります。ご健在とご発展をお祈りいたします。

平成十五年七月

著者　記

単行本　平成十五年十月　光人社刊

NF文庫

鎮南関をめざして

二〇一八年七月二十四日　第一刷発行
著　者　伊藤桂一
発行者　皆川豪志
発行所　株式会社　潮書房光人新社
〒100-8077　東京都千代田区大手町一-七-二
電話／〇三-六二八一-九八九一㈹
印刷・製本　凸版印刷株式会社
定価はカバーに表示してあります
乱丁・落丁のものはお取りかえ致します。本文は中性紙を使用

ISBN978-4-7698-3079-5　C0195
http://www.kojinsha.co.jp

刊行のことば

第二次世界大戦の戦火が熄《や》んで五〇年――その間、小社は夥しい数の戦争の記録を渉猟し、発掘し、常に公正なる立場を貫いて書誌とし、大方の絶讃を博して今日に及ぶが、その源は、散華された世代への熱き思い入れであり、同時に、その記録を誌して平和の礎とし、後世に伝えんとするにある。

小社の出版物は、戦記、伝記、文学、エッセイ、写真集、その他、すでに一、〇〇〇点を越え、加えて戦後五〇年になんなんとするを契機として、「光人社NF（ノンフィクション）文庫」を創刊して、読者諸賢の熱烈要望におこたえする次第である。人生のバイブルとして、心弱きときの活性の糧《かて》として、散華の世代からの感動の肉声に、あなたもぜひ、耳を傾けて下さい。

NF文庫